落花生

许地山 著

四川大学出版社
SICHUAN UNIVERSITY PRESS

图书在版编目（CIP）数据

落花生 / 许地山著. -- 成都 : 四川大学出版社，2024. 8. -- ISBN 978-7-5690-7111-5

Ⅰ. I266

中国国家版本馆 CIP 数据核字第 2024WW0317 号

书　　名：落花生
Luohuasheng
著　　者：许地山

责任编辑：罗　丹
责任校对：朱兰双
装帧设计：曾冯璇
责任印制：李金兰

出版发行：四川大学出版社有限责任公司
地址：成都市一环路南一段 24 号（610065）
电话：（028）85408311（发行部）、85400276（总编室）
电子邮箱：scupress@vip.163.com
网址：https://press.scu.edu.cn
印前制作：人天兀鲁思（北京）文化传媒有限公司
印刷装订：北京文昌阁彩色印刷有限责任公司

成品尺寸：145mm×210mm
印　　张：7.75
字　　数：166 千字

版　　次：2024 年 9 月 第 1 版
印　　次：2024 年 9 月 第 1 次印刷
印　　数：1—3000 册
定　　价：68.00 元

本社图书如有印装质量问题，请联系发行部调换

版权所有 ◆ 侵权必究

扫码获取数字资源

四川大学出版社
微信公众号

目录

散文

书 信

小说

散 文

空山灵雨

弁言

生本不乐，能够使人觉得稍微安适的，只有躺在床上那几小时，但要在那短促的时间中希冀极乐，也是不可能的事。

自入世以来，屡遭变难，四方流离，未尝宽怀就枕。在睡不着时，将心中似忆似想的事，随感随记；在睡着时，偶得趾离过爱，引领我到回忆之乡，过那游离的日子，更不得不随醒随记。积时累日，成此小册。以其杂沓纷纭，毫无线索，故名《空山灵雨》。

十一年一月二十五日　落华生

心有事（开卷底歌声）

心有事，无计问天。

　心事郁在胸中，教我怎能安眠？

我独对着空山，眉更不展；

　我魂飘荡，犹如出岫残烟。

想起前事，我泪就如珠脱串。
　独有空山为我下雨涟涟。
我泪珠如急雨，急雨犹如水晶箭；
　箭折，珠沉，融作山溪泉。
做人总有多少哀和怨；
　积怨成泪，泪又成川！
今日泪、雨交汇入海，海涨就要沉没赤县；
　累得那只抱恨的精卫拼命去填。
呀，精卫！你这样做，虽经万劫也不能遂愿。
　不如咒海成冰，使他像铁一样坚。
那时节，我要和你相依恋，
　各人才对立着，沉默无言。

蝉

急雨之后，蝉翼湿得不能再飞了。那可怜的小虫在地面慢慢地爬，好容易爬到不老的松根上头。松针穿不牢底雨珠从千丈高处脱下来，正滴在蝉翼上。蝉嘶了一声，又从树底露根摔到地上了。

雨珠，你和他开玩笑么？你看，蚂蚁来了！野鸟也快要看见他了！

蛇

在高可触天底桄榔树下，我坐在一条石磴上，动也不动一下。穿彩衣底蛇也蟠在树根上，动也不动一下。多会让我看见他，我就害怕得很，飞也似地离开那里，蛇也和飞箭一样，射入蔓草中了。

我回来，告诉妻子说："今儿险些不能再见你的面！"

"什么原故？"

"我在树林见了一条毒蛇：一看见他，我就速速跑回来；蛇也逃走了。……到底是我怕他，还是他怕我？"

妻子说："若你不走，谁也不怕谁。在你眼中，他是毒蛇；在他眼中，你比他更毒呢。"

但我心里想着，要两方互相惧怕，才有和平。若有一方大胆一点，不是他伤了我，便是我伤了他。

生

我底生活好像一棵龙舌兰，一叶一叶，慢慢地长起来。某一片叶在一个时期曾被那美丽的昆虫做过巢穴；某一片叶曾被小鸟们歇在上头歌唱过。现在那些叶子都落掉了！只有瘢楞的痕迹留在干上。人也忘了某叶某叶曾经显过底样子；那些叶子曾经历过底事迹惟有龙舌兰自己可以记忆得来，可是他不能说给别人知道。

我底生活好像我手里这管笛子。他在竹林里长着底时候，许多好鸟歌唱给他听；许多猛兽长啸给他听；甚至天中底风雨雷电都不时教给他发音底方法。

他长大了，一切教师所教底都纳入他底记忆里。然而他身中仍是空空洞洞，没有什么。

做乐器者把他截下来，开几个气孔，搁在唇边一吹，他从前学底都吐露出来了。

山响

群峰彼此谈得呼呼地响。他们底话语，给我猜着了。

这一峰说："我们底衣服旧了，该换一换啦。"

那一峰说："且慢罢，你看，我这衣服好容易从灰白色变成青绿色，又从青绿色变成珊瑚色和黄金色，——质虽是旧的，可是形色还不旧。我们多穿一会罢。"

正在商量底时候，他们身上穿底，都出声哀求说："饶了我们，让我歇歇罢。我们底形态都变尽了。再不能为你们争体面了。"

"去罢，去罢，不穿你们也算不得什么。横竖不久我们又有新的穿。"群峰都出着气这样说。说完之后，那红的、黄的彩衣就陆续褪下来。

我们都是天衣，那不可思议的灵，不晓得甚时要把我们穿着得非常破烂，才把我们收入天橱。愿他多用一点气力，及时用我们，使我们得以早早休息。

香

妻子说："良人，你不是爱闻香么？我曾托人到鹿港去买上好的沉香线；现在已经寄到了。"她说着，便抽出妆台底抽屉，取了一条沉香线，燃着，再插在小宣炉中。

我说："在香烟绕缭之中，得有清谈。给我说一个生番故事罢。不然，就给我谈佛。"

妻子说："生番故事，太野了。佛更不必说，我也不会说。"

"你就随便说些你所知道底罢。横竖我们都不大懂得；你且说，什么是佛法罢。"

"佛法么？——色，——声，——香，——味，——触，——造作，——思维，都是佛法；惟有爱闻香底爱不是佛法。"

"你又矛盾了！这是什么因明？"

"不明白么？因为你一爱，便成为你底嗜好；那香在你闻觉中，便不是本然的香了。"

海

我底朋友说："人底自由和希望，一到海面就完全失掉了！因为我们太不上算，在这无涯浪中无从显出我们有限的能力和意志。"

我说："我们浮在这上面，眼前虽不能十分如意，但后来要遇着底，或者超乎我们底能力和意志之外。所以在一个风狂浪骇底海面上，不能准说我们要到什么地方就可以达到什么地方；我们只能把性命先保持住，随着波涛颠来播去便了。"

我们坐在一只不如意的救生船里，眼看着载我们到半海就毁坏底大船渐渐沉下去。

我底朋友说："你看，那要载我们到目的地底船快要歇息去了！现在在这茫茫的空海中，我们可没有主意啦。"

幸而同船底人，心忧得很，没有注意听他底话。我把他底手摇了一下说："朋友，这是你纵谈底时候么？你不帮着划桨么？"

"划桨么？这是容易的事。但要划到那里去呢？"

我说："在一切的海里，遇着这样的光景，谁也没有带着主意下来，谁也脱不了在上面泛来泛去。我们尽管划罢。"

愿

南普陀寺里的大石，雨后稍微觉得干净，不过绿苔多长一些。天涯底淡霞好像给我们一个天晴底信。树林里底虹气，被阳光分成七色。树上，雄虫求雌底声，凄凉得使人不忍听下去。妻子坐在石上，见我来，就问：“你从那里来？我等你许久了。”

“我领着孩子们到海边检贝壳咧。阿琼检着一个破贝，虽不完全，里面却像藏着珠子底样子。等他来到，我教他拿出来给你看一看。

“在这树荫底下坐着，真舒服呀！我们天天到这里来，多么好呢！”

妻说：“你那里能够……？”

“为什么不能？”

“你应当作荫，不应当受荫。”

“你愿我作这样底荫么？”

“这样底荫算什么！我愿你作无边宝华盖，能普荫一切世间诸有情。愿你为如意净明珠，能普照一切世间诸有情。愿你为降魔金刚杵，能破坏一切世间诸障碍。愿你为多宝盂兰盆，能盛百味，滋养一切世间诸饥渴者。愿你有六手，十二手，百手，千万手，无量数那由他如意手，能成全一切世间等等美善事。”

我说：“极善，极妙！但我愿做调味底精盐，渗入等等食品中，把自己底形骸融散，且回复当时在海里底面目，使一切有情得尝咸味，而不见盐体。”

妻子说：“只有调味，就能使一切有情都满足吗？”

我说：“盐底功用，若只在调味，那就不配称为盐了。”

笑

我从远地冒着雨回来。因为我妻子心爱底一样东西让我找着了；我得带回来给她。

一进门，小丫头为我收下雨具，老妈子也借故出去了。我对妻子说：“相离好几天，你闷得慌吗？……呀，香得很！这是从那里来底？”

“窗棂下不是有一盆素兰吗？”

我回头看，几箭兰花在一个汝窑钵上开着。我说：“这盆花多会移进来底？这么大雨天，还能开得那么好，真是难得啊！……可是我总不信那些花有如此底香气。”

我们并肩坐在一张紫檀榻上，我还往下问：“良人，到底是兰花底香，是你底香？”

“到底是兰花底香，是你底香？让我闻一闻。”她说时，亲了我一下。小丫头看见了，掩着嘴笑，翻身揭开帘子，要往外走。

“玉耀，玉耀，回来。”小丫头不敢不回来，但，仍然抿着嘴笑。

“你笑什么？”

“我没有笑什么。”

我为她们排解说：“你明知道她笑什么，又何必问她呢，饶了她罢。”

妻子对小丫头说：“不许到外头瞎说。去罢，到园里给我摘些瑞香来。”小丫头抿着嘴出去了。

三迁

花嫂子着了魔了！她只有一个孩子，舍不得教他入学。她说：“阿同底父亲是因为念书念死的。”

阿同整天在街上和他底小伙伴玩：城市中应有的游戏，他们都玩过。他们最喜欢学警察、人犯、老爷、财主、乞丐。阿同常要做人犯，被人用绳子捆起来，带到老爷跟前挨打。

一天，给花嫂子看见了，说：“这还了得！孩子要学坏了。我得找地方搬家。”

她带着孩子到村庄里住。孩子整天在阡陌间和他底小伙伴玩：村庄里应有的游戏，他们都玩过。他们最喜欢做牛、马、牧童、肥猪、公鸡。阿同常要做牛，被人牵着骑着，鞭着他学耕田。

一天，又给花嫂子看见了，就说：“这还了得！孩子要变畜生了。我得找地方搬家。”

她带孩子到深山底洞里住。孩子整天在悬崖断谷间和他底小伙伴玩。他底小伙伴就是小生番、小猕猴、大鹿、长尾三娘、大蛱蝶。他最爱学鹿底跳跃，猕猴底攀缘，蛱蝶底飞舞。

有一天，阿同从悬崖上飞下去了。他底同伴小生番来给花嫂子报信，花嫂子说："他飞下去么？那么，他就有本领了。"

呀，花嫂子疯了！

愚妇人

从深山伸出一条蜿蜒的路，窄而且崎岖。一个樵夫在那里走着，一面唱：

仓鹒，仓鹒，来年莫再鸣！
　仓鹒一鸣草又生。
草木青青不过一百数十日，
到头来，又是樵夫担上薪。

仓鹒，仓鹒，来年莫再鸣！
　仓鹒一鸣虫又生。
百虫生来不过一百数十日，
　到头来，又要纷纷扑红灯。

仓鹒，仓鹒，来年莫再鸣！

…………

他唱时，软和的晚烟已随他底脚步把那小路封起来了，他还要往下唱，猛然看见一个健壮的老妇人坐在溪涧边，对着流水哭泣。

“你是谁？有什么难过的事？说出来，也许我能帮助你。”

“我么？唉我……！不必问了。”

樵夫心里以为她一定是个要寻短见底人，急急把担卸下，进前几步，想法子安慰她。他说：“妇人，你有什么难处，请说给我听，或者我能帮助你。天色不早了，独自一人在山中是很危险的。”

妇人说：“我从来就不知道什么叫做难过。自从我父母死后，我就住在这树林里。我底亲戚和同伴都叫我做石女。”她说到这里，眼泪就融下来了。往下她底话语就支离得怪难明白。过一会，她才慢慢说：“我……我到这两天才知道石女底意思。”

“知道自己名字底意思，更应当喜欢，为何倒反悲伤起来？”

“我每年看见树林里底果木开花，结实；把种子种在地里，又生出新果木来。我看见我底亲戚，同伴们不上二年就有一个孩子抱在她们怀里。我想我也要像这样—— 不上二年就可以抱一个孩子在怀里。我心里这样说，这样盼望，到如今，六十年了！我不明白，才打听一下。呀，这一打听，叫我多么难过！我没有抱孩子底希望了，……然而，我就不能像果木，比不上果木么？”

“哈，哈，哈！”樵夫大笑了。他说：“这正是你底幸运哪！抱孩子底人，比你难过得多，你为何不往下再向她们打听一下呢？我告诉你，不曾怀过胎底妇人是有福的。”

一个路傍素不相识底人所说底话，那里能够把六十年底希望——迷梦——立时揭破呢？到现在，她底哭声，在樵夫耳边，还可以约略地听见。

补破衣底老妇人

她坐在檐前，微微的雨丝飘摇下来，多半聚在她脸庞底皱纹上头。她一点也不理会，尽管收拾她底筐子。

在她底筐子里有很美丽的零剪绸缎；也有很粗陋的麻头、布尾。她从没有理会雨丝在她头、面、身体之上乱扑；只提防着筐里那些好看的材料沾湿了。

那边来了两个小弟兄。也许他们是学校回来。小弟弟管叫她做“衣服底外科医生”；现在见她坐在檐前，就叫了一声。

她抬起头来，望着这两个孩子笑了一笑。那脸上底皱纹虽皱得更厉害，然而生底痛苦可以从那里挤出许多，更能表明她是一个享乐天年底老婆子。

小弟弟说：“医生，你只用筐里底材料在别人底衣服上，怎么自己底衣服却不管了？你看你肩脖补底那一块又该掉下来了。”

老婆子摩一摩自己底肩脖，果然随手取下一块小方布来。她笑着对小弟弟说：“你底眼睛实在精明！我这块原没有用线缝住；因为早晨忙着要出来，只用浆子暂时糊着，盼望晚上回去弥补；不提防雨丝替我揭起来了！……这揭得也不错。我，既如你所说，是一个衣服底外科医生，那么，我是不怕自己底衣服害病底。”

她仍是整理筐里底零剪绸缎，没理会雨丝零落在她身上。

哥哥说：“我看爸爸底手册里夹着许多的零剪文件；他也是像你一样：不时地翻来翻去。他……”

弟弟插嘴说：“他也是另一样的外科医生。”

老婆子把眼光射在他们身上，说：“哥儿们，你们说得对了。你们底爸爸爱惜小册里底零碎文件，也和我爱惜筐里底零剪绸缎一般。他凑合多少地方底好意思；等用得着时，就把他们编连起来，成为一种新的理解。所不同底，就是他用底头脑；我用底只是指头便了。你们叫他做……”

说到这里，父亲从里面出来，问起事由，便点头说：“老婆子，你底话很中肯要。我们所为，原就和你一样，东搜西罗，无非是些绸头、布尾，只配用来补补破衲袄罢了。”

父亲说完，就下了石阶，要在微雨中到葡萄园里，看看他底葡萄长芽了没有。这里孩子们还和老婆子争论着要号他们底爸爸做什么样医生。

“小俄罗斯”底兵

短篱里头，一棵荔枝，结实累累。那朱红的果实，被深绿的叶子托住，更是美观；主人舍不得摘他们，也许是为这个缘故。

三两个漫游武人走来，相对说：“这棵红了，熟了，就在这里摘一点罢。”他们嫌从正门进去麻烦，就把篱笆拆开，大摇大摆地进前。一个上树，三个在底下接；一面摘，一面尝，真高兴呀！

屋里跑出一个老妇人来，哀声求他们说：“大爷们，我这棵荔枝还没有熟哩；请别作践他，等熟了，再送些给大爷们尝尝。”

树上底人说：“胡说，你不见果子已经红了么？怎么我们吃就是作践你底东西？”

“唉，我一年底生计，都看着这棵树。罢了，罢……”

“你还敢出声么？打死你算得什么；待一会，看把你这棵不中吃底树砍来做柴火烧，看你怎样。有能干，可以叫你们底人到广东吃去。我们那里也有好荔枝。”

唉，这也是战胜者，强者底权利么？

爱底痛苦

在绿荫月影底下，朗日和风之中，或急雨飘雪底时候，牛先生必要说他底真言，“啊，拉夫斯偏！”他在三百六十日中，少有不说这话底时候。

暮雨要来，带着愁容底云片，急急飞避；不识不知的蜻蜓还在庭园间遨游着。爱诵真言底牛先生闷坐在屋里，从西窗望见隔院底女友田和正抱着小弟弟玩。

姊姊把孩子底手臂咬得吃紧；擘他底两颊；摇他底身体；又掌他底小腿。孩子急得哭了。姊姊才忙忙地拥抱住他，推着笑说：“乖乖，乖乖，好孩子，好弟弟，不要哭。我疼爱你，我疼爱你！不要哭。”不一会孩子底哭声果然停了。可是弟弟刚现出笑容，姊姊又该咬他、擘他、摇他、掌他咧。

檐前底雨好像珠帘，把牛先生眼中底对象隔住。但方才那种印象，却萦回在他眼中。他把窗户关上，自己一人在屋里蹀来踱去。最后，他点点头，笑了一声，“哈，哈！这也是拉夫斯偏！”

他走近书桌子，坐下，提起笔来，像要写什么似地。想了半天，才写上一句七言诗。他念了几遍，就摇头，自己说：“不好，不好。我不会做诗，还是随便记些起来好。”

牛先生将那句诗涂掉以后，就把他底日记拿出来写。那天他要记底事情格外多，日记里应用底空格，他在午饭后，早已填满了。他裁了一张纸，写着：

“黄昏，大雨。田在西院弄她底弟弟，动起我一个感想；就是：人都喜欢见他们所爱者底愁苦；要想方法教所爱者难受。所爱者越难受，爱者越喜欢，越加爱。

“一切被爱底男子，在他们底女人当中，直如小弟弟在田底膝上一样。他们也是被爱者玩弄底。

“女人底爱最难给，最容易收回去。当她把爱收回去底时候，未必不是一种游戏的冲动；可是苦了别人哪。

“唉，爱玩弄人底女人，你何苦来这一下！愚男子，你底苦恼，又活该呢？”

牛先生写完，复看一遍，又把后面那几句涂去，说：“写得太过了，太过了！”他把那张纸付贴在日记上，正要起身，老妈子把哭着底孩子抱出来，一面说：“姊姊不好，爱欺负人。不要哭，咱们找牛先生去。”

“姊姊打我！”这是孩子所能对牛先生说底话。

牛先生装作可怜的声音，忧郁的容貌，回答说：“是么？姊姊打你么？来，我看看打到那步田地？”

孩子受他底抚慰，也就忘了痛苦，安静过来了。现在吵闹底，只剩下外间急雨底声音。

信仰底哀伤

在更阑人静底时候，伦文就要到池边对他心里所立底乐神请求说：“我怎能得着天才呢？我底天才缺乏了，我要表现的，也不能尽地表现了！天才可以像油那样，日日添注入我这盏小灯么？若是能，求你为我，注入些少。”

“我已经为你注入了。”

伦先生听见这句话，便放心回到自己底屋里。他舍不得睡，提起乐器来，一口气就制成一曲。自己奏了又奏，觉得满意，才含着笑，到卧室去。

第二天早晨，他还没有盥漱，便又把昨晚上底作品奏过几遍；随即封好，教人邮到歌剧场去。

他底作品一发表出来，许多批评随着在报上登载八九天。那些批评都很恭维他；说他是这一派，那一派。可是他又苦起来了！

在深夜底时候，他又到池边去，垂头丧气地对着池水，从口中发出颤声说：“我所用底音节，不能达我底意思么？呀，我底天才丢失了！再给我注入一点罢。”

“我已经为你注入了。”

他屡次求，心中只听得这句回答。每一作品发表出来，所得底批评，每每使他忧郁不乐。最后，他把乐器摔碎了，说：“我信我底天才丢了，我不再作曲子了。唉，我所依赖底，枉费你眷顾我了。”

自此以后，社会上再不能享受他底作品；他也不晓得往那里去了。

蜜蜂和农人

雨刚晴，蝶儿没有蓑衣，不敢造次出来，可是瓜棚底四围，已满唱了蜜蜂底工夫诗：

彷彷，徨徨！徨徨，彷彷！
　生就是这样，徨徨，彷彷！
趁机会把蜜酿。
　大家帮帮忙；
　　别误了好时光。
彷彷，徨徨！徨徨，彷彷！

蜂虽然这样唱，那底下坐着三四个农夫却各人担着烟管在那里闲谈。

人底寿命比蜜蜂长，不必像他们那么忙么？未必如此。不过农夫们不懂他们底歌就是了。但农夫们工作时，也会唱底。他们唱底是：

村中鸡一鸣，
阳光便上升。
　太阳上升好插秧。
　禾秧要水养，
　各人还为踏车忙。
东家莫截西家水；
西家不借东家粮。
　各人只为各人忙——
　“各人自扫门前雪，
　不管他人瓦上霜。”

暗途

“我底朋友，且等一等，待我为你点着灯，才走。”

吾威听见他底朋友这样说，便笑道：“哈哈，均哥，你以我为女人么？女人在夜间走路才要用火；男子，又何必呢？不用张罗，我空手回去罢，——省得以后还要给你送灯回来。”

吾威底村庄和均哥所住底地方隔着几重山，路途崎岖得很厉害。若是夜间要走那条路，无论是谁，都得带灯。所以均哥一定不让他暗中摸索回去。

均哥说：“你还是带灯好。这样底天气，又没有一点月影，在山中，难保没有危险。”

吾威说：“若想起危险，我就回去不成了。……”

“那么，你今晚上就住在我这里，如何？”

“不，我总得回去，因为我底父亲和妻子都在那边等着我呢。”

“你这个人，太过执拗了。没有灯，怎么去呢？”均哥一面说，一面把点着底灯切切地递给他；他仍是坚辞不受。

他说：“若是你定要叫我带着灯走，那教我更不敢走。”

“怎么呢？”

“满山都没有光，若是我提着灯走，也不过是照得三两步远；且要累得满山底昆虫都不安。若凑巧遇见长蛇也冲着火光走来，可又怎办呢？再说，这一点的光可以把那照不着底地方越显得危险，越能使我害怕。在半途中，灯一熄灭，那就更不好办了。不如我空着手走，初时虽觉得有些妨碍，不多一会，什么都可以在幽暗中辨别一点。”

他说完，就出门。均哥还把灯提在手里，眼看着他向密林中那条小路穿进去，才摇摇头说：“天下竟有这样怪人！”

吾威在暗途中走着，耳边虽常听见飞虫、野兽底声音，然而他一点害怕也没有。在蔓草中，时常飞些萤火出来，光虽不大，可也够了。他自己说：“这是均哥想不到，也是他所不能为我点底灯。”

那晚上他没有跌倒；也没有遇见毒虫野兽；安然地到他家里。

你为什么不来

在夭桃开透，浓阴欲成底时候，谁不想伴着他心爱的人出去游逛游逛呢？在密云不飞，急雨如注底时候，谁不愿在深闺中等她心爱的人前来细谈呢？

她闷坐在一张睡椅上，紊乱的心思像窗外底雨点——东抛，西织，来回无定。在有意无意之间，又顺手拿起一把九连环慵懒懒地解着。

丫头进来说："小姐，茶点都预备好了。"

她手里还是慵懒懒地解着，口里却发出似答非答底声："——他为什么还不来？"

除窗外底雨声，和她手中轻微的银环声以外，屋里可算静极了！在这幽静的屋里，忽然从窗外伴着雨声送来几句优美的歌曲：

你放声哭，
　因为我把林中善鸣的鸟笼住么？
你飞不动，
　因为我把空中底雁射杀么？
你不敢进我底门，
　因为我家养狗提防客人么？

因为我家养猫捕鼠，
　你就不来么？
因为我底灯火没有笼罩，
　烧死许多美丽的昆虫
　　你就不来么？
你不肯来，
　因为我有……？

“有什么呢？”她听到末了这句，那紊乱的心就发出这样的问。她心中接着想：因为我约你，所以你不肯来；还是因为大雨，使你不能来呢？

难解决的问题

我叫同伴到钓鱼矶去赏荷，他们都不愿意去，剩我自己走着。我走到清佳堂附近，就坐在山前一块石头上歇息。在瞻顾之间，小山后面一阵唧咕的声音夹着蝉声送到我耳边。

谁愿意在优游的天日中故意要找出人家底秘密呢？然而宇宙间底秘密都从无意中得来。所以在那时候，我不离开那里，也不把两耳掩住，任凭那些声浪在耳边荡来荡去。

辟头一声，我便听得：“这实是一个难解决的问题。……”

既说是难解决，自然要把怎样难底理由说出来。这理由无论是局内、局外人都爱听底。以前的话能否钻入我耳里，且不用说，单是这一句，使我不能不注意。

山后底人接下去说："在这三位中，你说要那一位才合式？……梅说要等我十年；白说要等到我和别人结婚那一天；区说非嫁我不可，——她要终身等我。"

"那么，你就要区罢。"

"但是梅底景况，我很了解。她底苦衷，我应当原谅。她能为了我牺牲十年底光阴，从她底境遇看来，无论如何，是很可敬底。设使梅居区底地位，她也能说，要终身等我？"

"那么，梅、区都不要，要白如何？"

"白么？也不过是她底环境使她这样达观。设使她处着梅底景况，她也只能等我十年。"

会话到这里就停了。我底注意只能移到池上，静观那被轻风摇摆底芰荷。呀，叶底那对小鸳鸯正在那里歇午哪！不晓得他们从前也曾解决过方才的问题没有？不上一分钟，后面底声音又来了。

"那么，三个都要如何？"

"笑话，就是没有理性底兽类也不这样办。"

又停了许久。

"不经过那些无用的礼节，各人快活地同过这一辈子不成吗？"

"唔……唔……唔……。这是后来的话，且不必提，我们先解决目前底困难罢。我实不肯故意辜负了三位中底一位。我想用拈阄底方法瞎挑一个就得了。”

“这不更是笑话么？人间那有这么新奇的事！她们三人中谁愿意遵你底命令，这样办呢？”

他们大笑起来。

“我们私下先拈一拈，如何？你权当做白，我自己权当做梅，剩下是区底分。”

他们由严重的密语化为滑稽的谈笑了。我怕他们要闹下坡来，不敢逗留在那里，只得先走。钓鱼矶也没去成。

债

他一向就住在妻子家里，因为他除妻子以外，没有别的亲戚。妻家底人爱他底聪明，也怜他底伶仃，所以万事都尊重他。

他底妻子早已去世，膝下又没有子女。他底生活就是念书、写字，有时还弹弹七弦；他决不是一个书呆子，因为他常要在书内求理解，不像书呆子只求多念。

妻子底家里有很大的花园供他游玩；有许多奴仆听他使令。但他从没有特意到园里游玩；也没有呼唤过一个仆人。

在一个阴郁的天气里，人无论在什么地方都不舒服底。岳母叫他到屋里闲谈，不晓得为什么缘故就劝起他来。岳母说：“我觉得自从俪儿去世以后，你就比前格外客气。我劝你毋须如此，因为外人不知道都要怪我。看你穿成这样，还不如家里底仆人，若有生人来到，叫我怎样过得去？偿或有人欺负你，说你这长那短，尽可以告诉我，我责罚他给你看。”

“我那里懂得客气？不过我只觉得我欠底债太多，不好意思多要什么。”

“什么债？有人问你算帐么？唉，你太过见外了！我看你和自己底子侄一样，你短了什么，尽管问管家底要去；若有人敢说闲话；我定不饶他。”

“我所欠底是一切的债，我看见许多贫乏人、愁苦人，就如该了他们无量数的债一般。我有好的衣食，总想先偿还他们。世间若有一个人吃不饱足，穿不暖和，住不舒服，我也不敢公然独享这具足的生活。”

“你说得太玄了！”她说过这话，停了半晌才接着点头说：“很好，这才是读书人‘先天下之忧而忧’底精神。……然而你要什么时候才还得清呢？你有清还底计画没有？”

“唔……唔……”他心里从来没有想到这个，所以不能回答。

“好孩子，这样的债，自来就没有人能还得清，你何必自寻苦恼？我想，你还是做一个小小的债主罢。说到具足生活，也是没有涯岸底：我们今日所谓具足，焉知不是明日底缺陷？你多念一点书就知道生命即是缺陷底苗圃，是烦恼底秧田；若要补修缺陷，拔除烦恼，除弃绝生命外，没有别条道路。然而，我们那能办得到？个个人都那么怕死！你不要作这种非非想，还是顺着境遇做人去罢。”

“时间，……计画，……做人……”这几个字从岳母口里发出，他底耳鼓就如受了极猛烈的椎击。他想来想去，已想昏了。他为解决这事，好几天没有出来。

那天早晨，女佣端粥到他房里，没见他，心中非常疑惑。因为早晨，他没有什么地方可去：海边呢？他是不轻易到底。花园呢？他更不愿意在早晨去。因为丫头们都在那个时候到园里争摘好花去献给她们几位姑娘。他最怕见底是人家毁坏现成的东西。

女佣四围一望，蓦地看见一封信被留针刺在门上。她忙取下来，给别人一看，原来是给老夫人底。

她把信拆开，递给老夫人。上面写着：

亲爱的岳母：

你问我底话，教我实在想不出好回答。而且，因你这一问，使我越发觉得我所负底债更重。我想做人若不能还债，就得避债，决不能教债主把他揪住，使他受苦。若论还债，依我底力量、才能，是不济事底。我得出去找几个帮忙底人。如果不能找着，再想法子。现在我去了，多谢你栽培我这么些年。我底前途，望你记念；我底往事，愿你忘却。我也要时时祝你平安。

婿容融留字

老夫人念完这信，就非常愁闷。以后，每想起她底女婿，便好几天不高兴。但不高兴尽管不高兴，女婿至终没有回来。

美底牢狱

求正在镜台边理她底晨妆，见她底丈夫从远地回来，就把头拢住，问道："我所需要底你都给带回来了没有？"

"对不起！你虽是一个建筑师，或泥水匠，能为你自己建筑一座'美底牢狱'；我却不是一个转运者，不能为你搬运等等材料。"

"你念书不是念得越糊涂，便是越高深了！怎么你底话，我一点也听不懂？"

丈夫含笑说："不懂么？我知道你开口爱美，闭口爱美，多方地要求我给你带等等装饰回来；我想那些东西都围绕在你底体外，合起来，岂不是成为一座监禁你底牢狱吗？"

她静默了许久，也不做声。她底丈夫往下说："妻呀，我想你还不明白我底意思：我想所有美丽的东西，只能让他们散布在各处，我们只能在他们底出处爱他们；若是把他们聚拢起来，搁在一处，或在身上，那就不美了……"

她睁着那双柔媚的眼，摇着头说："你说得不对。你说得不对。若不剖蚌，怎能得着珠玑呢？若不开山，怎能得着金刚、玉石、玛瑙等等宝物呢？而且那些东西，本来不美，必得人把他们琢磨出来，加以装饰，才能显得美丽咧。若说我要装饰，就是建筑一所美底牢狱，且把自己监在里头，且问谁不被监在这种牢狱里头呢？如果世间真有美底牢狱，像你所说，那么，我们不过是造成那牢狱底一沙一石罢了。”

“我底意思就是听其自然，连这一沙一石也毋须留存。孔雀何为自己修饰羽毛呢？芰荷何尝把他底花染红了呢？”

“所以说他们没有美感！我告诉你，你自己也早已把你底牢狱建筑好了。”

“胡说！我何曾？”

“你心中不是有许多好的想象；不是要照你底好理想去行事么？你所有底，是不是从古人曾经建筑过底牢狱里检出其中底残片！或是在自己的世界取出来底材料呢？自然要加上一点人为才能有意思。若是我底形状和荒古时候的人一样，你还爱我吗？我准敢说，你若不好好地住在你底牢狱里头，且不时时把牢狱底墙垣垒得高高地，我也不能爱你。”

刚愎的男子，你何尝佩服女子底话？你不过会说：“就是你会说话！等我思想一会儿，再与你决战。”

爱就是刑罚

“这什么时候了，还埋头在案上写什么？快同我到海边去走走罢。”

丈夫尽管写着，没站起来，也没抬头对他妻子行个“注目笑”底礼。妻子跑到身边，要抢掉他手里底笔；他才说：“对不起，你自己去罢。船，明天一早就要开，今晚上我得把这几封信赶出来；十点钟还要送到船里底邮箱去。”

“我要人伴着我到海边去。”

“请七姨子陪你去。”

“七妹子说我嫁了，应当和你同行；她和别的同学先去了。我要你同我去。”

“我实在对不起你，今晚不能随你出去。”他们争执了许久，结果还是妻子独自出去。

丈夫低着头忙他底事体，足有四点钟工夫。那时已经十一点了。他没有进去看看那新婚的妻子回来了没有，披起大衣大踏步地出门去。

他回来，还到书房里检点一切，才进入卧房。妻子已先睡了。他们底约法；睡迟底人得亲过先睡者底嘴才许上床。所以这位少年走到床前，依法亲了妻子一下。妻子急用手在唇边来回擦了几下。那意思是表明她不受这个接吻。

丈夫不敢上床，呆呆地站在一边。一会，他走到窗前，两手支着下颔，点点底泪滴在窗棂上。他说：“我从来没受过这样刑罚！……你底爱，到底在那里？”

“你说爱我，方才为什么又刑罚我，使我孤另？”妻子说完，随即起来，安慰他说，“好人，不要当真，我和你闹玩哪。爱就是刑罚，我们能免掉么？”

梨花

她们还在园里玩，也不理会细雨丝丝穿入她们底罗衣。池边梨花底颜色被雨洗得更白净了。但朵朵都懒懒地垂着。

姊姊说：“你看，花儿都倦得要睡了！”

“待我来摇醒他们。”

姊姊不及发言，妹妹底手早已抓住树枝摇了几下。花瓣和水珠纷纷地落下来，铺得银片满地，煞是好玩。

妹妹说：“好玩啊，花瓣一离开树枝，就活动起来了！”

“活动什么？你看，花儿底泪都滴在我身上哪。”姊姊说这话时，带着几分怒气，推了妹妹一下。她接着说：“我不和你玩了；你自己在这里罢。”

妹妹见姊姊走了，直站在树下出神。停了半晌，老妈子走来，牵着她，一面走着，说：“你看，你底衣服都湿透了；在阴雨天，每日要换几次衣服，教人到那里找太阳给你晒去呢？”

落下来底花瓣，有些被她们底鞋印入泥中；有些黏在妹妹身上，被她带走；有些浮在池面，被鱼儿衔入水里。那多情的燕子不歇把鞋印上底残瓣和软泥一同衔在口中，到梁间去，构成他们底香巢。

暾将出兮东方

在山中住，总要起得早，因为似醒非醒地眠着，是山中各样的朋友所憎恶底。破晓起来，不但可以静观彩云底变幻；和细听鸟语底婉转；有时还从山巅，树表，溪影，村容之中给我们许多不可说不可说的愉快。

我们住在山压担牙阁里，有一次，在曙光初透底时候，大家还在床上眠着，耳边恍惚听见一队童男女底歌声，唱道：

榻上人，应觉悟！
　晓鸡频催三两度。
君不见——
　　“暾将出兮东方”，
　微光已透前村树？
　榻上人，应觉悟！

往后又跟着一节和歌：

暾将出兮东方！

暾将出兮东方！

会见新曦被四表，

使我乐兮无央。

那歌声还接着往下唱，可惜离远了，不能听得明白。

啸虚对我说："这不是十年前你在学校里教孩子唱底么？怎么会跑到这里唱起来？"

我说："我也很诧异；因为这首歌，连我自己也早已忘了。"

"你底暮气满面，当然会把这歌忘掉。我看你现在要用赞美光明底声音去赞美黑暗哪。"

我说："不然，不然。你何尝了解我？本来，黑暗是不足诅咒，光明是毋须赞美底。光明不能增益你什么，黑暗不能妨害你什么，你以何因缘而生出差别心来？若说要赞美底话：在早晨就该赞美早晨；在日中就该赞美日中；在黄昏就该赞美黄昏；在长夜就该赞美长夜；在过去、现在、将来一切时间，就该赞美过去、现在、将来一切时间。说到诅咒，亦复如是。"

那时，朝曦已射在我们脸上，我们立即起来，计画那日底游程。

光底死

光离开他底母亲去到无量无边，一切生命世界上。因为他走底时候脸上常带着很忧郁的容貌，所以一切能思维、能造作底灵体也和他表同情；一见他，都低着头容他走过去；甚至带着泪眼避开他。

光因此更烦闷了。他走得越远，力量越不足；最后，他躺下了。他躺下底地方，正在这块大地。在他旁边有几位聪明的天文家互相议论说："太阳底光，快要无所附丽了，因为她冷死底时期一天近似一天了。"

光垂着头，低声诉说："唉，诸大智者，你们为何净在我母亲和我身上担忧？你们岂不明白我是为饶益你们而来么？你们从没有在我面前做过我曾为你们做底事。你们没有接纳我，也没有……"

他母亲在很远的地方，见他躺在那里叹息，就叫他回去说："我底命儿，我所爱底你回来罢。我一天一天任你自由地离开我，原是为众生底益处，他们既不承受，你何妨回来？"

光回答说："母亲我不能回去了。因为我走遍了一切世界，遇见一切能思维、能造作底灵体，到现在还没有一句话能够对你回报底。不但如此，这里还有人正咒诅我们哪！我那有面目回去呢？我就安息在这里罢。"

他底母亲听见这话，一种幽沉的颜色早已现在脸上。他从地上慢慢走到海边，带着自己底身体、威力，一分一厘地浸入水里。母亲也跟着晕过去了。

鬼赞

你们曾否在凄凉的月夜听过鬼赞？有一次，我独自在空山里走，除远处寒潭底鱼跃出水声略可听见以外，其余种种，都被月下底冷露幽闭住。我底衣服极其润湿，我两腿也走乏了。正要转回家中，不晓得怎样就经过一区死人底聚落。我因疲极，才坐在一个祭坛上少息。在那里，看见一群幽魂高矮不齐，从各坟墓里出来。他们仿佛没有看见我，都向着我所坐底地方走来。

他们从这墓走过那墓，一排排地走着，前头唱一句，后面应一句，和举行什么巡礼一样。我也不觉得害怕，但静静地坐在一旁，听他们底唱和。

第一排唱："最有福底是谁？"

往下各排挨着次序应。

"是那曾用过视官，而今不能辨明暗底。"

"是那曾用过听官，而今不能辨声音底。"

"是那曾用过嗅官，而今不能辨香味底。"

"是那曾用过味官，而今不能辨苦甘底。"

"是那曾用过触官，而今不能辨粗细、冷暖底。"

各排应完，全体都唱："那弃绝一切感官底有福了！我们底髑髅有福了！"

第一排底幽魂又唱：“我们底髑髅是该赞美底。我们要赞美我们底髑髅。”

领首底唱完，还是挨着次序一排排地应下去。

“我们赞美你，因为你哭底时候，再不流眼泪。”

“我们赞美你，因为你发怒底时候，再不发出紧急的气息。”

“我们赞美你，因为你悲哀底时候再不绉眉。”

“我们赞美你，因为你微笑底时候，再没有嘴唇遮住你底牙齿。”

“我们赞美你，因为你听见赞美底时候再没有血液在你底脉里颤动。”

“我们赞美你，因为你不肯受时间底播弄。”

全体又唱：“那弃绝一切感官底有福了！我们底髑髅有福了！”

他们把手举起来一同唱：

“人哪，你在当生、来生底时候，有泪就得尽量流；有声就得尽量唱；有苦就得尽量尝；有情就得尽量施；有欲就得尽量取；有事就得尽量成就。等到你疲劳，等到你歇息底时候，你就有福了！”

他们诵完这段，就各自分散。一时，山中睡不熟底云直望下压，远地底丘陵都给埋没了。我险些儿也迷了路途，幸而有断断续续的鱼跃出水声从寒潭那边传来，使我稍微认得归路。

万物之母

在这经过离乱底村里，荒屋破篱之间，每日只有几缕零零落落的炊烟冒上来；那人口底稀少可想而知。你一进到无论那个村里，最喜欢遇见底，是不是村童在阡陌间或园圃中跳来跳去；或走在你前头，或随着你步后模仿你底行动？村里若没有孩子们，就不成村落了。在这经过离乱底村里，不但没有孩子，而且有向你要求孩子！

这里住着一个不满三十岁底寡妇，一见人来，便要求，说："善心善行的人，求你对那位总爷说，把我底儿子给回。我那穿虎纹衣服，戴虎儿帽底便是我底儿子。"

她底儿子被乱兵杀死已经多年了。她从不会忘记：总爷把无情的剑拔出来底时候，那穿虎纹衣服底可怜儿还用双手招着，要她搂抱。她要跑去接底时候，她底精神已和黄昏底霞光一同麻痹而熟睡了。唉，最惨的事岂不是人把寡妇怀里底独生子夺过去，且在她面前害死吗？要她在醒后把这事完全藏在她记忆底多宝箱里，可以说，比剖芥子来藏须弥还难。

她底屋里排列了许多零碎的东西；当时她儿子玩过底小团也在其中。在黄昏时候，她每把各样东西抱在怀里说："我底儿，母亲岂有不救你，不保护你底？你现在在我怀里咧。不要作声，看一会人来又把你夺去。"可是一过了黄昏，她就立刻醒悟过来，知道那所抱底不是她底儿子。

那天，她又出来找她底“命”。月底光明着她，使她在不知不觉间进入村后底山里。那座山，就是白天也少有人敢进去，何况在盛夏底夜间，杂草把樵人底小径封得那么严！她一点也不害怕，攀着小树，缘着茑萝，慢慢地上去。

她坐在一块大石上歇息，无意中给她听见了一两声底儿啼。她不及判别，便说：“我底儿，你藏在这里么？我来了，不要哭啦。”

她从大石下来，随着声音底来处，爬入石下一个洞里。但是里面一点东西也没有。她很疲乏，不能再爬出来，就在洞里睡了一夜。

第二天早晨，她醒时，心神还是非常恍惚。她坐在石上，耳边还留着昨晚上底儿啼声。这当然更要动她底心，所以那方从霭云被里钻出来底朝阳无力把她脸上和鼻端底珠露晒干了。她在瞻顾中，才看出对面山岩上坐着一个穿虎纹衣服底孩子。可是她看错了！那边坐着底，是一只虎子；他底声音从那边送来很像儿啼。她立即离开所坐底地方，不管当中所隔底谷有多么深，尽管攀缘着，向那边去。不幸早露未干，所依附底都很湿滑，一失手，就把她溜到谷底。

她昏了许久才醒回来。小伤总免不了，却还能够走动。她爬着，看见身边暴露了一付小髑髅。

“我底儿，你方才不是还在山上哭着么？怎么你母亲来得迟一点，你就变成这样？”她把髑髅抱住，说：“呀，我底苦命儿，我怎能把你医治呢？”悲苦尽管悲苦，然而，自她丢了孩子以后，不能不算这是她第一次底安慰。

从早晨直到黄昏，她就坐在那里，不但不觉得饿，连水也没喝过。零星几点，已悬在天空，那天就在她底安慰中过去了。

她忽想起幼年时代，人家告诉她底神话，就立起来说："我底儿，我抱你上山顶，先为你摘两颗星星下来，嵌入你底眼眶，教你看得见；然后给你找香象底皮肉来补你底身体。可是你不要再哭，恐怕给人听见，又把你夺过去。"

"敬姑，敬姑。"找她底人们在满山中这样叫了好几声，也没有一点影响。

"也许她被那只老虎吃了。"

"不，不对。前晚那只老虎是跑下来捕云哥圈里底牛犊被打死底。如果那东西把敬姑吃了，决不再下山来赴死。我们再进深一点找罢。"

唉，他们底工夫白费了！纵然找着她，若是她还没有把星星抓在手里，她心里怎能平安，怎肯随着他们回来？

花香雾气中底梦

在覆茅涂泥底山居里，那阻不住底花香和雾气从疏帘窜进来，直扑到一对梦人身上。妻子把丈夫摇醒，说："快起罢，我们底被褥快湿透了。怪不得我总觉得冷，原来太阳被囚在浓雾底监狱里不能出来。”

那梦中底男子，心里自有他底温暖，身外底冷与不冷他毫不介意。他没有睁开眼睛便说：“嗳呀，好香！许是你桌上底素馨露洒了罢？”

“那里？你还在梦中哪。你且睁眼看帘外底光景。”

他果然揉了眼睛，拥着被坐起来，对妻子说：“怪不得我净梦见一群女子在微雨中游戏。若是你不叫醒我，我还要往下梦哪。”

妻子也拥着她底绒被坐起来说：“我也有梦。”

“快说给我听。”

“我梦见把你丢了。我自己一人在这山中遍处找寻你，怎么也找不着。我越过山后，只见一个美丽的女郎挽着一篮珠子向各树底花叶上头乱撒。我上前去向她问你底下落，她笑着问我：‘他是谁，找他干什么？’我当然回答，他是我底丈夫，——”

“原来你在梦中也记得他！”他笑着说这话，那双眼睛还显出很滑稽的样子。

妻子不喜欢了。她转过脸背着丈夫说：“你说什么话！你老是要挑剔人家底话语，我不往下说了。”她推开绒被，随即呼唤丫头预备脸水。

丈夫速把她揪住，央求说：“好人，我再不敢了。你往下说罢，以后若再饶舌，情愿挨罚。”

“谁希罕罚你？”妻子把这次底和平押画了。她往下说：

“那女人对我说，你在山前柚花林里藏着。我那时又像把你忘了。……”

“哦，你又……不，我应许过不再说什么底；不然，我就要挨罚了。你到底找着我没有？”

“我没有向前走，只站在一边看她撒珠子。说来也很奇怪：那些珠子黏在各花叶上都变成五彩的零露，连我底身体也沾满了。我忍不住，就问那女郎。女郎说：‘东西还是一样，没有变化，因为你底心思前后不同，所以觉得变了。你认为珠子，是在我撒手之前，因为你想我这篮子决不能盛得露水。你认为露珠时，在我撒手之后，因为你想那些花叶不能留住珠子。我告诉你：你所认底不在东西，乃在使用东西底人和时间。你所爱底，不在体质，乃在体质所表底情。你怎样爱月呢？是爱那悬在空中已经老死底暗球么？你怎样爱雪呢？是爱他那种砭人肌骨底凛冽么？’

“她一说到雪，我打了一个寒噤，便醒起来了。”

丈夫说：“到底没有找着我。”

妻子一把抓住他底头发，笑说：“这不是找着了吗？……我说，这梦怎样？”

“凡你所梦都是好的。那女郎底话也是不错。我们最愉快底时候岂不是在接吻后，彼此底凝视吗？”他向妻子痴笑，妻子把绒被拿起来，盖在他头上，说：“恶鬼！这会可不让你有第二次底凝视了。”

荼蘼

我常得着男子送给我底东西，总没有当他们做宝贝看。我底朋友师松却不如此，因为她从不曾受过男子底赠与。

自鸣钟敲过四下以后，山上礼拜寺底聚会就完了。男男女女像出圈底羊，争要下到山坡觅食一般，那边有一个男学生跟着我们走，他底正名字我忘记了，我只记得人家都叫他做“宗之”。他手里拿着一枝荼蘼，且行且嗅。荼蘼本不是香花，他嗅着，不过是一种无聊举动便了。

“松姑娘，这枝荼蘼送给你。”他在我们后面嚷着。松姑娘回头看见他满脸堆着笑容递着那花，就速速伸手去接。她接着说：“很多谢，很多谢。”宗之只笑着点点头，随即从西边底山径转回家去。

“他给我这个，是什么意思？”

“你想他有什么意思，他就有什么意思。”我这样回答她。走不多远，我们也分途各自家去了。

她自下午到晚上不歇把弄那枝荼蘼。那花像有极大的魔力，不让她撒手一样。她要放下时，每觉得花儿对她说：“为什么离夺我？我不是从宗之手里递给你，交你照管底吗？”

呀，宗之底眼、鼻、口、齿、手、足、动作，没有一件不在花心跳跃着，没有一件不在她眼前底花枝显现出来！她心里说：“你这美男子，为甚缘故送给我这花儿？”她又想起那天经坛上底讲章，就自己回答说：“因为他顾念他使女底卑微，从今而后，万代要称我为有福。”

这是她爱荼蘼花，还是宗之爱她呢？我也说不清，只记得有一天我和宗之正坐在榕根谈话底时候，他家底人跑来对他说：“松姑娘吃了一朵什么花，说是你给她底，现在病了。她家底人要找你去问话咧。”

他吓了一跳，也摸不着头脑，只说：“我那时节给她东西吃？这真是……！”

我说：“你细想一想。”他怎么也想不起来。我才提醒他说：“你前个月在斜道上不是给了她一朵荼蘼吗？”

“对呀，可不是给了她一朵荼蘼！可是我那里教她吃了呢？”

“为什么你单给她，不给别人？”我这样问他。

他很直截地说：“我并没有什么意思，不过随手摘下，随手送给别人就是了。我平素送了许多东西给人，也没有什么事；怎么一朵小小的荼蘼就可使她着了魔？”

他还坐在那里沉吟，我便促他说：“你还能在这里坐着么？不管她是误会，你是有意，你既然给了她，现在就得去看她一看才是。”

“我那有什么意思？”

我说：“你且去看看罢。蚌蛤何尝立志要生珠子呢？也不过是外间的沙粒偶然渗入他底壳里，他就不得不用尽工夫分泌些黏液把那小沙裹起来罢了。你虽无心，可是你底花一到她手里，管保她不因花而爱起你来吗？你敢保她不把那花当做你所赐给爱底标识，就纳入她底怀中，用心里无限的情思把他围绕得非常严密吗？也许她本无心，但因为你那美意底沙无意中掉在她爱底贝壳里，使她不得不如此。不用踌躇了，且去看看罢。”

宗之这才站起来，绉一绉他那副冷静的脸庞，跟着来人从林菁底深处走出去了。

七宝池上底乡思

弥陀说：“极乐世界底池上，
　　何来凄切的泣声？
　迦陵频迦，你下去看看
　　是谁这样猖狂。”
于是迦陵频迦鼓着翅膀，
　　飞到池边一棵宝树上，
　　还歇在那里，引颈下望：
“咦，佛子，你岂忘了这里是天堂？
　　你岂不爱这里底宝林成行；
　　　　树上底花花相对，
　　　　　　叶叶相当？

你岂不闻这里有等等妙音充耳；
岂不见这里有等等庄严宝相？
住这样具足的乐土，
为何尽自悲伤？”
坐在宝莲上底少妇还自啜泣，合掌回答说：
“大士，这里是你底家乡，
在你，当然不觉得有何等苦况。
我底故土是在人间，
怎能教我不哭着想？

“我要来底时候，
我全身都冷却了。
但我底夫君，还用他温暖的手将我搂抱；
用他融溶的泪滴在我额头。

“我要来底时候，
我全身都挺直了；
但我底夫君，还把我底四肢来回曲挠。

“我要来底时候，
我全身底颜色，已变得直如死灰；

但我底夫君还用指头压我底两颊，

看看从前的粉红色能否复回。

“现在我整天坐在这里，

不时听见他底悲啼。

唉，我额上底泪痕，

我臂上底暖气，

我脸上底颜色，

我全身底关节，

都因着我夫君底声音，

烧起来，溶起来了！

我指望来这里享受快乐，

现在反憔悴了！

“呀，我要回去，

我要回去，

我要回去止住他底悲啼。

我巴不得现在就回去止住他底悲啼。”

迦陵频迦说：

“你且静一静，

我为你吹起天笙，
把你心中愁闷的垒块平一平；
且化你耳边底悲啼为欢声。
你且静一静，
我为你吹这天笙。"

"你底声不能变为爱底喷泉，
不能灭我身上一切爱痕底烈焰；
也不能变为忘底深渊，
使他将一切情愫投入里头，
不再将人惦念，
我还得回去和他相见，
去解他底眷恋。"
"呵，你这样有情，
谁还能对你劝说
向你拦禁？
回去罢，须记得这就是轮回因。"

弥陀说："善哉，迦陵！
你乃能为她说这大因缘！
纵然碎世界为微尘，

这微尘中也住着无量有情。

所以世界不尽，有情不尽；

有情不尽，轮回不尽；

轮回不尽，济度不尽；

济度不尽，乐土乃能显现不尽。”

话说完，莲瓣渐把少妇裹起来，再合成一朵菡萏低垂着。微风一吹，他荏弱得支持不住，便堕入池里。

迦陵频迦好像记不得这事，在那花花相对，叶叶相当底林中，向着别的有情歌唱去了。

银翎底使命

黄先生约我到狮子山麓阴湿的地方去找捕蝇草。那时刚过梅雨之期，远地青山还被烟霞蒸着，惟有几朵山花在我们眼前淡定地看那在溪涧里逆行底鱼儿喋着他们底残瓣。

我们沿着溪涧走。正在找寻底时候，就看见一朵大白花从上游顺流而下。我说：“这时候，那有偌大的白荷花流着呢？”

我底朋友说：“你这近视鬼！你准看出那是白荷花么？我看那是……”

说时迟，来时快，那白的东西已经流到我们跟前。黄先生急把采集网拦住水面；那时，我才看出是一只鸽子。他从网里把那死的飞禽取出来，诧异说：“是谁那么不仔细，把人家底传书鸽打死了！”他说时，从鸽翼下取出一封来长底小信来。那信已被水浸透了；我们慢慢把他展开，披在一块石上。

“我们先看看这是从那里来，要寄到那里去底，然后给他寄去，如何？”我一面说，一面看着。但那上头不特地址没有，甚至上下底款识也没有。

黄先生说：“我们先看看里头写底是什么，不必讲私德了。”

我笑着说：“是，没有名字底信就是公的；所以我们也可以披阅一遍。”

于是我们一同念着：

你教昆儿带银翎，翠翼来，吩咐我，若是他们空着回去，就是我还平安底意思。我恐怕他知道，把这两只小宝贝寄在霞妹那里；谁知道前天她开笼搁饲料底时候，不提防把翠翼放走了！

嗳，爱者，你看翠翼没有带信回去，定然很安心，以为我还平安无事。我也很盼望你常想着我底精神和去年一样。不过现在不能不对你说底，就是过几天人就要把我接去了！我不得不叫你速速来和他计较。你一来，什么事都好办了。因为他怕底是你和他讲理。

嗳，爱者，你见信以后，必得前来，不然，就见我不着；以后只能在累累荒塚中读我底名字了，这不是我不等你，时间不让我等你哟！

我盼望银翎平平安安地带着他底使命回去。

我们念完，黄先生道：“这是怎么一回事？”

“谁能猜呢？反正是不幸的事罢了。现在要紧的，就是怎样处置这封信。我想把他贴在树上，也许有知道这事底人经过这里，可以把他带去。”我摇着头，且轻轻地把信揭起。

黄先生说：“不如拿到村里去打听一下，或者容易找出一点线索。”

我们商量之下，就另钞一张起来，仍把原信系在鸽翼底下。黄先生用采掘锹子在溪边挖了一个小坑，把鸽子葬在里头。回头为他立了一座小碑，且从水中淘出几块美丽的小石压在墓上。那墓就在山花盛开底地方，我一翻身，就把些花瓣摇下来，也落在这使者底墓上。

头发

这村里底大道今天忽然点缀了许多好看的树叶，一直达到村外底麻栗林边。村里底人，男男女女都穿得很整齐。像举行什么大节期一样。但六月间没有重要的节期，婚礼也用不着这么张罗，到底是为甚事？

那边底男子们都唱着他们底歌，女子也都和着。我只静静地站在一边看。

一队兵押着一个壮年的比丘从大道那头进前。村里底人见他来了，歌唱得更大声。妇人们都把头发披下来，争着跪在道傍，把头发铺在道中。从远一望，直像整匹底黑练摊在那里。那位比丘从容地从众女人底头发上走过；后面底男子们都嚷着："可赞美的孔雀旗呀！"

他们这一嚷就把我提醒了。这不是倡自治底孟法师入狱底日子吗？我心里这样猜，赶到他离村里底大道远了，才转过篱笆底西边。刚一拐弯，便遇着一个少女摩着自己底头发，很懊恼地站在那里。我问她说："小姑娘，你站在此地，为你们底大师伤心么？"

"固然。但是我还咒诅我底头发为什么偏生短了，不能摊在地上，教大师脚下底尘土留下些少在上头。你说今日村里底众女子，那一个不比我荣幸呢？"

"这有什么荣幸？若你有心恭敬你底国土和你底大师就够了。"

"咦！静藏在心里底恭敬是不够底。"

"那么，等他出狱底时候，你底头发就够长了。"

女孩子听了，非常喜欢，至于跳起来说："得先生这一祝福，我底头发在那时定能比别人长些。多谢了！"

她跳着从篱笆对面底流连子园去了。我从西边一直走，到那麻栗林边。那里底土很湿，大师底脚印和兵士底鞋印在上头印得很分明。

疲倦的母亲

那边一个孩子靠近车窗坐着：远山，近水，一幅一幅，次第嵌入窗户，射到他底眼中。他手画着，口中还咿咿哑哑地，唱些没字曲。

在他身边坐着一个中年妇人，支着头瞌睡。孩子转过脸来，摇了她几下，说："妈妈，你看看，外面那座山很像我家门前底呢。"

母亲举起头来，把眼略睁一睁；没有出声，又支着颐睡去。

过一会，孩子又摇她，说："妈妈，'不要睡罢，看睡出病来了。'你且睁一睁眼看看外面八哥和牛打架呢。"

母亲把眼略略睁开，轻轻打了孩子一下；没有做声，又支着头睡去。

孩子鼓着腮，很不高兴。但过一会，他又唱起来了。

"妈妈，听我唱歌罢。"孩子对着她说了，又摇她几下。

母亲带着不喜欢的样子说："你闹什么？我都见过，都听过，都知道了，你不知道我很疲乏，不容我歇一下么？"

孩子说："我们是一起出来底：怎么我还顶精神，你就疲乏起来？难道大人不如孩子么？"

车还在深林平畴之间穿行着。车中底人，除那孩子和一二个旅客以外，少有不像他母亲那么鼾睡底。

处女的恐怖

深沉院落，静到极地；虽然我底脚步走在细草之上，还能惊动那伏在绿丛里底蜻蜓。我每次来到庭前，不是听见投壶底音响，便是闻得四弦底颤动；今天，连窗上铁马底轻撞声也没有了！

我心里想着这时候小坡必定在里头和人下围棋；于是轻轻走着，也不声张，就进入屋里。出乎主人底意想，跑去站在他后头，等他蓦然发觉，岂不是很有趣？但我轻揭帘子进去时，并不见小坡，只见他底妹子伏在书案上假寐。我更不好声张，还从原处蹑出来。

走不远，方才被惊底蜻蜓就用那碧玉琢成底一千只眼瞧着我。一见我来，他又鼓起云母的翅膀飞得飒飒作响。可是破岑寂底，还是屋里大踏大步底声音。我心知道小坡底妹子醒了，看见院里有客，紧紧要回避，所以不敢回头观望，让她安然走入内衙。

“四爷，四爷，我们太爷请你进来坐。”我听得是玉笙底声音，回头便说：“我已经进去了；太爷不在屋里。”

“太爷随即出来，请到屋里一候。”她揭开帘子让我进去。果然他底妹子不在了！丫头刚走到衙内院子底光景，便有一股柔和而带笑的声音送到我耳边说：“外面伺候底人一个也没有；好在是西衙底四爷，若是生客，教人怎样进退？”

“来底无论生熟，都是朋友，又怕什么？”我认得这是玉笙回答她小姐底话语。

“女子怎能不怕男人，敢独自一人和他们应酬么？”

“我又何尝不是女子？你不怕，也就没有什么。”

我才知道她并不曾睡去，不过回避不及，装成那样底。我走近案边，看见一把画未成底纨扇搁在上头。正要坐下，小坡便进来了。

“老四，失迎了。舍妹跑进去，才知道你来。”

“岂敢，岂敢。请原谅我底莽撞。”我拿起纨扇问道，“这是令妹写底？”

“是。她方才就在这里写画。笔法有什么缺点，还求指教。”

“指教倒不敢；总之，这把扇是我检得底，是没有主底，我要带他回去。”我摇着扇子这样说。

“这不是我底东西，不干我事。我叫她出来与你当面交涉。”小坡笑着向帘子那边叫：“九妹，老四要把你底扇子拿去了！”

他妹子从里面出来；我忙趋前几步——陪笑，行礼。我说：“请饶恕我方才底唐突。”她没做声，尽管笑着。我接着说：“令兄应许把这扇送给我了。”

小坡抢着说：“不！我只说你们可以直接交涉。”

她还是笑着，没有做声。

我说：“请九姑娘就案一挥，把这画完成了，我好立刻带走。”

但她仍不做声。她哥哥不耐烦，促她说：“到底是允许人家是不允许，尽管说，害什么怕？”妹子捋了他一眼，说：“人家就是这么害怕。”她对我说：“这是不成东西底，若是要，我改天再奉上。”

我速速说：“够了，我不要更好的了。你既然应许，就将这一把赐给我罢。”于是她仍旧坐在案边，用丹青来染那纨扇。我们都在一边看她运笔。小坡笑着对妹子说：“现在可不怕人了。”

“当然。”她含笑对着哥哥。自这声音发出以后，屋里，庭外，都非常沉寂；窗前也没有铁马底轻撞声。所能听见底只有画笔在笔洗里拨水底微响，和颜色在扇上底运行声。

我想

我想什么？

我心里本有一条达到极乐园地底路，从前曾被那女人走过底，现在那人不在了，这条路不但是荒芜，并且被野草、闲花、棘枝、绕藤占据得找不出来了！

我许久就想着这条路，不单是开给她走底，她不在，我岂不能独自来往？

但是野草、闲花这样美丽、香甜，我怎舍得把他们去掉呢？棘枝、绕藤又那样横逆、蔓延，我手里又没有器械，怎敢惹他们呢？我想独自在那路上徘徊，总没有实行底日子。

日子一久，我连那条路底方向也忘了。我只能日日跑到路口那个小池底岸边静坐，在那里怅望，和沉思那草掩、藤封底道途。

狂风一吹，野花乱坠，池中锦鱼道是好饵来了，争着上来唼喋。我所想底，也浮在水面被鱼喋入口里；复幻成泡沫吐出来，仍旧浮回空中。

鱼还是活活泼泼地游；路又不肯自己开了；我更不能把所想底撇在一边呀！

我定睛望着上下游泳底锦鱼；我底回想也随着上下游荡。

呀，女人！你现在成为我“记忆底池”中底锦鱼了。你有时浮上来，使我得以看见你；有时沉下去，使我费神猜想你是在某片落叶底下！或某块沙石之间。

但是那条路底方向我早忘了，我只能每日坐在池边，盼望你能从水底浮上来。

春底林野

春光在万山环抱里，更是泄漏得迟。那里底桃花还是开着；漫游底薄云从这峰飞过那峰，有时稍停一会，为底是挡住太阳，教地面底花草在他底荫下避避光焰底威吓。

岩下底荫处和山溪底旁边满长了薇蕨和其他凤尾草。红、黄、蓝、紫的小草花点缀在绿茵上头。

天中底云雀，林中底金莺，都鼓起他们底舌簧。轻风把他们底声音挤成一片，分送给山中各样有耳无耳底生物。桃花听得入神，禁不住落了几点粉泪，一片一片凝在地上。小草花听得大醉，也和着声音底节拍一会倒一会起，没有镇定底时候。

林下一班孩子正在那里检桃花底落瓣哪。他们检着，清儿忽嚷起来，道：“嘎，邕邕来了！”众孩子住了手，都向桃林底尽头盼望。果然邕邕也在那里摘草花。

清儿道：“我们今天可要试试阿桐底本领了。若是他能办得到，我们都把花瓣穿成一串璎珞围在他身上，封他为大哥如何？”

众人都答应了。

阿桐走到邕邕面前道：“我们正等着你来呢。”

阿桐底左手盘在邕邕底脖上，一面走一面说：“今天他们要替你办嫁妆，教你做我底妻子。你能做我底妻子么？”

邕邕狠视了阿桐一下，回头用手推开他，不许他底手再搭在自己脖上。孩子们都笑得支持不住了。

众孩子嚷道：“我们见过邕邕用手推人了！阿桐赢了！”

邕邕从来不会拒绝人，阿桐怎能知道一说那话，就能使她动手呢？是春光底荡漾，把他这种心思泛出来呢？或者，天地之心就是这样呢？

你且看：漫游底薄云还是从这峰飞过那峰。

你且听：云雀和金莺底歌声还布满了空中和林中。在这万山环抱底桃林中，除那班爱闹的孩子以外，万物把春光领略得心眼都迷了。

乡曲底狂言

在城市住久了，每要害起村庄底相思病来。我喜欢到村庄去，不单是贪玩那不染尘垢底山水；并且爱和村里底人攀谈。我常想着到村里听庄稼人说两句愚拙的话语，胜过在都邑里领受那些智者底高谈大论。

这日，我们又跑到村里拜访耕田底隆哥。他是这小村底长者，自己耕着几亩地，还艺一所菜园。他底生活倒是可以羡慕底。他知道我们不愿意在他矮陋的茅茆里，就让我们到篱外底瓜棚底下坐坐。

横空底长虹从前山底凹处吐出来，七色底影印在清潭底水面。我们正凝神看着，蓦然听得隆哥好像对着别人说："冲那边走罢，这里有人。"

"我也是人，为何这里就走不得？"我们转过脸来，那人已站在我们跟前。那人一见我们，应行底礼，他也懂得。我们问过他底姓名，请他坐。隆哥看见这样，也就不做声了。

我们看他不像平常人；但他有什么毛病，我们也无从说起。他对我们说："自从我回来，村里底人不晓得当我做个什么？我想我并没有坏意思，我也不打人，也不叫人吃亏，也不占人便宜，怎么他们就这般地欺负我——连路也不许我走？”

和我同来底朋友问隆哥说：“他底职业是什么？”隆哥还没作声，他便说：“我有事做，我是有职业底人。”说着，便从口袋里掏出一本小折子来，对我底朋友说：“我是做买卖底。我做了许久了，这本折子里所记底帐不晓得是人该我底，还是我该人底，我也记不清楚，请你给我看看。”他把折子递给我底朋友，我们一同看，原来是同治年间底废折！我们忍不住大笑起来，隆哥也笑了。

隆哥怕他招笑话，想法子把他哄走。我们问起他底来历，隆哥说他从少在天津做买卖，许久没有消息，前几天刚回来底。我们才知道他是村里新回来底一个狂人。

隆哥说：“怎么一个好好的人到城市里就变成一个疯子回来？我听见人家说城里有什么疯人院，是造就这种疯子底。你们住在城里，可知道有没有这回事？”

我回答说：“笑话！疯人院是人疯了才到里边去；并不是把好好的人送到那里教疯了放出来底。”

“既然如此，为何他不到疯人院里住，反跑回来，到处骚扰？”

“那我可不知道了。”我回答时，我底朋友同时对他说：“我们也是疯人，为何不到疯人院里住？”

隆哥很诧异地问：“什么？”

我底朋友对我说：“我这话，你说对不对？认真说起来，我们何尝不狂？要是方才那人才不狂呢。我们心里想什么，口又不敢说，手也不敢动，只会装出一副脸孔；倒不如他想说什么便说什么，想做什么就做什么，那分诚实，是我们做不到底。我们若想起我们那些受拘束而显出来底动作，比起他那真诚的自由行动，岂不是我们倒成了狂人？这样看来，我们才疯，他并不疯。”

隆哥不耐烦地说：“今天我们都发狂了，说那个干什么？我们谈别的罢。”

瓜棚底下闲谈，不觉把印在水面长虹惊跑了。隆哥底儿子赶着一对白鹅向潭边来。我底精神又贯注在那纯净的家禽身上。鹅见着水也就发狂了。他们互叫了两声，便拍着翅膀趋入水里，把静明的镜面踏破。

公理战胜

那晚上要举行战胜纪念第一次底典礼，不曾尝过战苦底人们争着要尝一尝战后底甘味。式场前头底人，未到七点钟，早就挤满了。

那边一个声音说：“你也来了！你可是为庆贺公理战胜来底？”这边随着回答道：“我只来瞧热闹，管他公理战胜不战胜。”

在我耳边恍惚有一个说话带乡下土腔底说：“一个洋皇上生日倒比什么都热闹！”

我底朋友笑了。

我郑重地对他说：“你听这愚拙的话，倒很入理。”

“我也信——若说战神是洋皇帝底话。”

人声，乐声，枪声，和等等杂响混在一处，几乎把我们底耳鼓震裂了。我底朋友说：“你看，那边预备放烟花了，我们过去看看罢。”

我们远远站着，看那红黄蓝白诸色火花次第地冒上来。“这真好，这真好！”许多人都是这样颂扬。但这是不是颂扬公理战胜？

旁边有一个人说：“你这灿烂的烟花，何尝不是地狱底火焰？若是真有个地狱，我想其中的火焰也是这般好看。”

我底朋友低声对我说：“对呀，这烟花岂不是从纪念战死底人而来底？战死底苦我们没有尝到，由战死而显出来底地狱火焰我们倒看见了。”

我说：“所以我们今晚的来，不是要趁热闹，乃是要凭吊那班愚昧可怜的牺牲者。”

谈论尽管谈论，烟花还是一样地放。我们底声音常是沦没在腾沸的人海里。

面具

人面原不如那纸制底面具哟！你看那红的，黑的，白的，青的，喜笑的，悲哀的，目眦怒得欲裂底面容，无论你怎样褒奖，怎样弃嫌，他们一点也不改变。红的还是红，白的还是白；目眦欲裂底还是目眦欲裂。

人面呢？颜色比那纸制底小玩意儿好而且活动，带着生气。可是你褒奖他底时候，他虽是很高兴，脸上却装出很不愿意底样子，你指摘他底时候，他虽是懊恼，脸上偏要显出勇于纳言底颜色。

人面到底是靠不住呀！我们要学面具，但不要戴他，因为面具后头应当让他空着才好。

落花生

我们屋后有半亩隙地。母亲说："让他荒芜着怪可惜，既然你们那么爱吃花生，就辟来做花生园罢。"我们几姊弟和几个小丫头都很喜欢——买种底买种，动土底动土，灌园底灌园；过不了几个月，居然收获了！

妈妈说："今晚我们可以做一个收获节，也请你们爹爹来尝尝我们底新花生，如何？"我们都答应了。母亲把花生做成好几样底食品，还吩咐这节期要在园里底茅亭举行。

那晚上底天色不大好，可是爹爹也到来，实在很难得！爹爹说："你们爱吃花生么？"

我们都争着答应："爱！"

"谁能把花生底好处说出来？"

姊姊说："花生底气味很美。"

哥哥说："花生可以制油。"

我说："无论何等人都可以用贱价买他来吃；都喜欢吃他。这就是他底好处。"

爹爹说："花生底用处固然很多；但有一样是很可贵的。这小小的豆不像那好看的苹果、桃子、石榴，把他们底果实悬在枝上，鲜红嫩绿的颜色，令人一望而发生羡慕底心。他只把果子埋在地底，等到成熟，才容人把他挖出来，你们偶然看见一棵花生瑟缩地长在地上，不能立刻辨出他有没有果实，非得等到你接触他才能知道。"

我们都说："是的。"母亲也点点头。爹爹接下去说："所以你们要像花生，因为他是有用的，不是伟大、好看的东西。"我说："那么，人要做有用的人，不要做伟大、体面的人了。"爹爹说："这是我对于你们底希望。"

我们谈到夜阑才散，所有花生食品虽然没有了，然而父亲底话现在还印在我心版上。

再会

靠窗棂坐着那位老人家是一位航海者，刚从海外归来底。他和萧老太太是少年时代底朋友，彼此虽别离了那么些年，然而他们会面时，直像忘了当中经过底日子。现在他们正谈起少年时代底旧话。

"蔚明哥，你不是二十岁底时候出海底么？"她屈着自己底指头，数了一数才用那双被阅历染浊了底眼睛看着她底朋友说："呀，四十五年就像我现在数着指头一样地过去了！”

老人家把手捋一捋胡子，很得意地说：“可不是！……记得我到你家辞行那一天，你正在园里饲你那只小鹿；我站在你身边一棵正开着花底枇杷树下。花香和你头上底油香杂窜入我底鼻中，当时，我底别绪也不晓得要从那里说起；但你只低头抚着小鹿。我想你那时也不能多说什么，你竟然先问一句‘要等到什么时候我们再能相见呢？’我就慢答道：‘毋须多少时候。’那时，你……”

老太太截着说：“那时候底光景我也记得很清楚。当你说这句底时候，我不是说‘要等再相见时，除非是黑墨有洗得白底时节。’哈哈！你去时，那缕漆黑的头发现在岂不是已被海水洗白了么？”

老人家摩摩自己底头顶，说：“对啦！这也算应验哪！可惜我见不着芳哥，他过去多少年了？”

“唉，久了！你看我已经抱过四个孙儿了。”她说时，看着窗外几个孩子在瓜棚下玩，就指着那最高的孩子说：“你看鼎儿已经十二岁了，他公公就在他弥月后去世底。”

他们谈话时，丫头端了一盘牡蛎煎饼来。老太太举手让着蔚明哥说：“我定知道你底嗜好还没有改变，所以特地为你做这东西。

“你记得我们少时，你母亲有一天做这样的饼给我们吃。你拿一块，吃完了才嫌饼里底牡蛎少，助料也不如我底多，闹着要把我底饼抢去。当时，你母亲说了一句话，教我常常忆起，就是：‘好孩子，算了罢。助料都是搁在一起渗匀底。做底时候，谁有工夫把分量细细去分配呢？这自然是免不了有些多，有些少底；只要饼底气味好就够了。你所吃底原不定就是为你做底，可是你已经吃过，就不能再要了。’蔚明哥，你说末了这话多么感动我呢！拿这个来比我们底境遇罢：境遇虽然一个一个排列在面前，容我们有机会选择，有人选得好，有人选得歹，可是选定以后，就不能再选了。”

老人家拿起饼来吃，慢慢地说：“对啦！你看我这一生净在海面生活，生活极其简单，不像你这么繁复，然而我还是像当时吃那饼一样——也就饱了。”

“我想我老是多得便宜。我底‘境遇底饼’虽然多一些助料，也许好吃一些，但是我底饱足是和你一样底。”

谈旧事是多么开心底事！看这光景，他们像要把少年时代底事迹一一回溯一遍似地。但外面底孩子们不晓得因什么事闹起来，老太太先出去做判官；这里留着一位铄的航海者静静地坐着吃他底饼。

桥边

我们住底地方就在桃溪溪畔。夹岸遍是桃林：桃实、桃叶映入水中，更显出溪边底静谧。真想不到仓皇出走底人还能享受这明媚的景色！我们日日在林下游玩；有时踱过溪桥，到朋友底蔗园里找新生的甘蔗吃。

这一天，我们又要到蔗园去，刚踱过桥，便见阿芳——蔗园底小主人——很忧郁地坐在桥下。

“阿芳哥，起来领我们到你园里去。”他举起头来，望了我们一眼，也没有说什么。

我哥哥说：“阿芳，你不是说你一到水边就把一切的烦闷都洗掉了吗？你不是说，你是水边底蜻蜓么？你看歇在水荭花上那只蜻蜓比你怎样？”

“不错。然而今天就是我第一次底忧闷。”

我们都下到岸边，围绕住他，要打听这回事。他说：“方才红儿掉在水里了！”红儿是他底腹婚妻，天天都和他在一块儿玩底。我们听了他这话，都惊讶得很。哥哥说：“那么，你还能在这里闷坐着吗？还不赶紧去叫人来？”

“我一回去，我妈心里底忧郁怕也要一颗一颗地结出来，像桃实一样了。我宁可独自在此忧伤，不忍使我妈妈知道。”

我底哥哥不等说完，一股气就跑到红儿家里。这里阿芳还在皱着眉头，我也眼巴巴地望着他，一声也不响。

“谁掉在水里啦？”

我一听，是红儿底声音，速回头一望，果然哥哥携着红儿来了！她笑眯眯地走到芳哥跟前，芳哥像很惊讶地望着她。很久，他才出声说：“你底话不灵了么？方才我贪着要到水边看看我底影儿，把他搁在树上，不留神轻风一摇，把他摇落水里，他随着流水往下流去；我回头要抱他，他已不在了。”

红儿才知道掉在水里底是她所赠与底小囝。她曾对阿芳说那小囝也叫红儿，若是把他丢了，便是丢了她。所以芳哥这么谨慎看护着。

芳哥实在以红儿所说底话是千真万真的，看今天底光景，可就教他怀疑了。他说：“哦，你底话也是不准的！我这时才知道丢了你底东西不算丢了你，真把你丢了才算。”

我哥哥对红儿说：“无意的话倒能教人深信：芳哥对你底信念，头一次就在无意中给你打破了。”

红儿也不着急，只优游地说：“信念算什么？要真相知才有用哪。……也好，我借着这个就知道他了。我们还是到蔗园去罢。”

我们一同到蔗园去，芳哥方才的忧郁也和糖汁一同吞下去了。

别话

素辉病得很重，离她停息底时候不过是十二个时辰了。她丈夫坐在一边，一手支颐，一手把着病人底手臂，宁静而恳挚的眼光都注在他妻子底面上。

黄昏底微光一分一分地消失，幸而房里都是白的东西，眼睛不至于失了他们底辨别力。屋里底静默，早已布满了死底气色，看护妇又不进来，她底脚步声只在门外轻轻地踝过去，好像告诉屋里底人说：“生命底步履不望这里来，离这里渐次远了。”

强烈的电光忽然从玻璃泡里底金丝发出来。光底浪把那病人底眼脸冲开。丈夫见她这样，就回复他底希望，恳挚地说："你——你醒过来了！"

素辉好像没听见这话，眼望着他，只说别的。她说："嗳，珠儿底父亲，在这时候，你为什么不带她来见见我。"

"明天带她来。"

屋里又沉默了许久。

"珠儿底父亲哪，因为我身体软弱，多病底缘故，教你牺牲许多光阴来看顾我，还阻碍你许多比服事我更要紧的事。我实在对你不起。我底身体实不容我……"

"不要紧的，服事你也是我应当做底事。"

她笑。但白的被窝中所显出来底笑容并不是欢乐底标识。她说："我很对不住你，因为我不曾为我们生下一个男儿。"

"那里底话！女孩子更好。我爱女的。"

凄凉中底喜悦把素辉身中预备要走底魂拥回来。她底精神似乎比前强些，一听丈夫那么说，就接着道："女的本不足爱：你看许多人——连你——为女人惹下多少烦恼！……不过是——人要懂得怎样爱女人，才能懂得怎样爱智慧。不会爱或拒绝爱女人底，纵然他没有烦恼，他是万灵中最愚蠢的人。珠儿底父亲，珠儿底父亲哪，你佩服这话么？"

这时，就是我们——旁边底人——也不能为珠儿底父亲想出一句答辞。

“我离开你以后，切不要因为我！就一辈子过那鳏夫底生活。你必要为我底缘故，依我方才的话爱别的女人。”她说到这里把那只几乎动不得底右手举起来，向枕边摸索。

“你要什么？我替你找。”

“戒指。”

丈夫把她底手扶下来，轻轻在她枕边摸出一只玉戒指来递给她。

“珠儿底父亲，这戒指虽不是我们订婚用底，却是你给我底；你可以存起来，以后再给珠儿底母亲，表明我和她底连属。除此以外，不要把我底东西给她，恐怕你要当她是我；不要把我们底旧话说给她听，恐怕她要因你底话就生出差别心，说你爱死的妇人甚于爱生的妻子。”她把戒指轻轻地套在丈夫左手底无名指上。丈夫随着扶她底手与他底唇边略一接触。妻子对于这番厚意，只用微微睁开底眼睛看着他。除掉这样的回报，她实在不能表现什么。

丈夫说：“我应当为你做底事，都对你说过了。我再说一句，无论如何，我永久爱你。”

“咦，再过几时，你就要把我底尸体扔在荒野中了！虽然我不常住在我底身体内，可是人一离开，再等到什么时候，在什么地方才能互通我们恋爱底消息呢？若说我们将要住在天堂底话，我想我也永无再遇见你底日子，因为我们底天堂不一样。你所要住底，必不是我现在要去底。何况我还不配住在天堂？我虽不信你底神，我可信你所信底真理。纵然真理有能力，也不为我们这小小的缘故就永远把我们结在一块。珍重罢，不要爱我于离别之后。”

丈夫既不能说什么话，屋里只可让死的静寂占有了。楼底下恍惚敲了七下底自鸣钟。他为尊重医院底规则，就立起来，握着素辉底手说：“我底命，再见罢，七点钟了。”

“你不要走，我还和你谈话。”

“明天我早一点来，你累了，歇歇罢。”

“你总不听我底话。”她把眼睛闭了，显出很不愿意底样子。丈夫无奈，又停住片时，但她实在累了，只管躺着，也没有什么话说。

丈夫轻轻蹑出去。一到楼口，那脚步又退后走，不肯下去。他又蹑回来，悄悄到素辉床边，见她显着昏睡的形态，枯涩的泪点滴不下来，只挂在眼睑之间。

爱流汐涨

月儿底步履已踏过嵇家底东墙了。孩子在院里已等了许久，一看见上半弧底光刚射过墙头，便忙忙跑到屋里叫道：“爹爹，月儿上来了，出来给我燃香罢。”

屋里坐着一个中年的男子，他底心负了无量的愁闷。外面底月亮虽然还像去年那么圆满，那么光明，可是他对于月亮底情绪就大不如去年了。当孩子进来叫他底时候，他就起来，勉强回答说：“宝璜，今晚上不必拜月，我们到院里对着月光吃些果品，回头再出去看看别人底热闹。”

孩子一听见要出去看热闹，更喜得了不得。他说：“为什么今晚上不拈香呢？记得从前是妈妈点给我底。”

父亲没有回答他。但孩子底话很多，问得父亲越发伤心了。他对着孩子不甚说话。只有向月不歇地叹息。

“爹爹今晚上不舒服么？为何气喘得那么厉害？”

父亲说：“是，我今晚上病了。你不是要出去看热闹么？可以教素云姐带你去，我不能去了。”

素云是一个年长底丫头，主人底心思、性地，她本十分明白，所以家里无论大小事几乎是她一人主持。她带宝璜出门，到河边看看船上和岸上各样底灯色；便中就告诉孩子说：“你爹爹今晚不舒服了，我们得早一点回去才是。”

孩子说：“爹爹白天还好好地，为何晚上就害起病来？”

“唉，你记不得后天是妈妈底百日吗？”

“什么是妈妈底百日？”

“妈妈死掉，到后天是一百天底工夫。”

孩子实在不能理会那“一百日”底深密意思，素云只得说，“夜深了，咱们回家去罢。”

素云和孩子回来底时候，父亲已经躺在床上，见他们回来，就说：“你们回来了。”她跑到床前回答说：“二舍，我们回来了。晚上大哥儿可以和我同睡，我招呼他，好不好？”

父亲说:“不必。你还是睡你底罢。你把他安置好,就可以去歇息,这里没有什么事。”

这个七岁底孩子就睡在离父亲不远底一张小床上。外头底鼓乐声,和树梢底月影,把孩子嬲得不能睡觉。在睡眠底时候,父亲本有命令,不许说话;所以孩子只得默听着,不敢发出什么声音。

乐声远了,在近处底杂响中,最激刺孩子底,就是从父亲那里发出来底啜泣声。在孩子底思想里,大人是不会哭底。所以他很诧异地问:“爹爹,你怕黑么?大猫要来咬你么?你哭什么?”他说着就要起来,因为他也怕大猫。

父亲阻止他说:“爹爹今晚上不舒服,没有别底事。不许起来。”

“咦,爹爹明明哭了!我每哭底时候,爹爹说我底声音像河里水声地响;现在爹爹底声音也和那个一样。呀,爹爹;别哭了。爹爹一哭,教宝璜怎能睡觉呢?”

孩子越说越多,弄得父亲底心绪更乱。他不能用什么话来对付孩子,只说:“璜儿,我不是说过,在睡觉时不许说话么?你再说时,爹爹就不疼你了。好好地睡罢。”

孩子只复说一句:“爹爹要哭,教人怎样睡得着呢?”以后他就静默了。

这晚上底催眠歌就是父亲底抽噎声。不久,孩子也因着这声就发出微细的鼾息;屋里只有些杂响伴着父亲发出哀音。

读《芝兰与茉莉》因而想及我底祖母

正要到哥仑比亚底检讨室里校阅梵籍，和死和尚争虚实，经过我底邮筒，明知每次都是空开底，还要带着希望姑且开来看看。这次可得着一卷东西，知道不是一分钟可以念完底。遂插在口袋里，带到检讨室去。

我正研究唐代佛教在西域衰灭底原因，翻起史太因在和阗所得底唐代文契，一读马令痣同母党二娘向护国寺僧虎英借钱底私契，妇人许十四典首饰契，失名人底典婢契等等，虽很有趣，但掩卷一想，恨当时的和尚只会营利，不顾转法轮，无怪回纥一入，便尔扫灭无余。

为释迦文担忧，本是大愚：曾不知成、住、坏、空，是一切法性？不看了，掏出口袋里底邮件，看看是什么罢。

《芝兰与茉莉》

这名字很香呀！我把纸笔都放在一边，一气地读了半天工夫——

从头至尾，一句一字细细地读。这自然比看唐代死和尚底文契有趣。读后底余韵，常绕缭于我心中；像这样的文艺很合我情绪底胃口似地。

读中国底文艺和读中国底绘画一样。试拿山水——西洋画家叫做“风景画”——来做个例：我们打稿（composition）是鸟瞰的、纵的，所以从近处底溪桥，而山前底村落，而山后底帆影，而远地底云山；西洋风景画是水平的、横的；除水平线上下左右之外，理会不出幽深的、绵远的兴致。所以中国画宜于纵的长方，西洋画宜于横的长方。文艺也是如此：西洋人底取材多以“我”和“我底女人或男子”为主，故属于横的、夫妇的；中华人底取材多以“我”和“我底父母或子女”为主，故属于纵的、亲子的。描写亲子之爱应当是中华人底特长；看近来底作品，究其文心，都含这唯一义谛。

爱亲底特性是中国文化底细胞核，除了他，我们早就要断发短服了！我们将这种特性来和西洋的对比起来，可以说中华民族是爱父母的民族；那边欧西是爱夫妇的民族。因为是“爱父母的”，故叙事直贯，有始有终，源源本本，自自然然地说下来。这“说来话长”底特性——很和拔丝山药一样地甜热而黏——可以在一切作品里找出来。无论写什么，总有从盘古以来说到而今底倾向。写孙悟空总得从猴子成精说起；写贾宝玉总得从顽石变灵说起；这写生生因果底好尚是中华文学底文心，是纵的，是亲子的，所以最易抽出我们底情绪。

八岁时，读《诗经·凯风》和《陟岵》，不晓得怎样，眼泪没得我底同意就流下来？九岁读《檀弓》到“今丘也，东西南北之人也”一段，伏案大哭。先生问我，“今天底书并没给你多上，也没生字，为何委曲？”我说，“我并不是委曲，我只伤心这‘东西南北’四字。”第二天，接着念“晋献公将杀其世子申生”一段，到“天下岂有无父之国哉？”又哭，直到于今，这“东西南北”四个字还能使我一念便伤怀。我尝反省这事，要求其使我哭泣底缘故。不错，爱父母的民族底理想生活便是在这里生、在这里长、在这里聚族、在这里埋葬，东西南北地跑当然是一种可悲的事了。因为离家、离父母、离国是可悲的，所以能和父母、乡党过活底人是可羡的。无论什么也都以这事为准绳：做文章为这一件大事做，讲爱情为这一件大事讲，我才理会我底“上坟瘾”不是我自己所特有，是我所属底民族自盘古以来遗传给我底。你如自己念一念“可爱的家乡啊！我睡眼朦胧里，不由得不乐意接受你欢迎的诚意。”和“明儿……你真要离开我了么？”应作如何感想？

爱夫妇的民族正和我们相反。夫妇本是人为，不是一生下来就铸定了彼此的关系。相逢尽可以不相识，只要各人带着，或有了各人底男女欲，就可以。你到什么地方，这欲跟到什么地方；他可以在一切空间显其功用，所以在文心上无需溯其本源，究其终局，干干脆脆，Just a word，也可以自成段落。爱夫妇的心境本含有一种舒展性和侵略性，所以乐得东西南北，到处地跑。夫妇关系可以随地随时发生，又可以强侵软夺，在文心上当有一种“霸道”“喜新”“乐得”“为我自己享受”底倾向。

总而言之，爱父母的民族底心地是“生”；爱夫妇的民族底心地是“取”。生是相续的；取是广延的。我们不是爱夫妇的民族，故描写夫妇，并不为夫妇而描写夫妇，是为父母而描写夫妇。我很少见——当然是我少见——中国文人描写夫妇时不带着“父母的”底色彩；很少见单独描写夫妇而描写得很自然的。这并不是我们不愿描写，是我们不惯描写广延性的文学底缘故。从对面看，纵然我们描写了，人也理会不出来。

《芝兰与茉莉》开宗第一句便是“祖母真爱我！”这已把我底心牵引住了。“祖父爱我”，当然不是爱夫妇的民族所能深味，但他能感我和《檀弓》差不了多少。“垂老的祖母，等得小孩子奉甘旨么？”子女生活是为父母底将来，父母底生活也是为着子女，这永远解不开底结，结在我们各人心中。触机便发表于文字上。谁没有祖父母、父母呢？他们底折磨、担心，都是像夫妇一样有个我性底么？丈夫可以对妻子说，“我爱你，故我要和你同住”；或“我不爱你，你离开我罢”。妻子也可以说，“人尽可夫，何必你？”但子女对于父母总不能有这样的天性。所以做父母底自自然然要为子女担忧受苦，做子女底也为父母之所爱而爱，为父母而爱为第一件事。爱既不为我专有，“事之不能尽如人意”便为此说出来了。从爱父母的民族眼中看夫妇底爱是为三件事而起，一是继续这生生底线；二是往溯先人底旧典；三是承纳长幼底情谊。

说起书中人底祖母，又想起我底祖母来了。“事之不能尽如人意者，夫复何言！”我底祖母也有这相同的境遇呀！我底祖母，不说我没见过，连我父亲也不曾见过，因为她在我父亲未生以前就去世了。这岂不是很奇怪的么？不如意的事多着呢！爱祖母底明官，你也愿意听听我说我祖母底失意事么？

八十年前，台湾府——现在的台南——城里武馆街有一家，八个兄弟同一个老父亲同住着，除了第六、七、八底弟弟还没娶以外，前头五个都成家了。兄弟们有做武官底，有做小乡绅底，有做买卖底。那位老四，又不做武官又不做绅士，更不曾做买卖；他只喜欢念书，自己在城南立了一所小书塾名叫窥园，在那里一面读，一面教几个小学生。他底清闲，是他兄弟们所羡慕，所嫉妒底。

这八兄弟早就没有母亲了。老父亲很老，管家底女人虽然是妯娌们轮流着当，可是实在的权柄是在一位大姑手里。这位大姑早年守寡，家里没有什么人，所以常住在外家。因为许多弟弟是她帮忙抱大底，所以她对于弟弟们很具足母亲底威仪。

那年夏天，老父亲去世了。大姑当然是“阃内之长”，要督责一切应办事宜底。早晚供灵底事体，照规矩是媳妇们轮着办底。那天早晨该轮到四弟妇上供了。四弟妇和四弟是不上三年底夫妇，同是二十多岁，情爱之浓是不消说底。

大姑在厅上嚷，“素官，今早该你上供了。怎么这时候还不出来？”

居丧不用粉饰面，把头发理好，也毋需盘得整齐。所以晨妆很省事。她坐在妆台前，嚼槟榔，还吸一管旱烟。这是台湾女人们最普遍的嗜好。有些女人喜欢学土人把牙齿染黑了，她们以为牙齿白得像狗底一样不好看，将槟榔和着叶、熟灰嚼，日子一久，就可以使很白的牙齿变为漆黑。但有些女人是喜欢白牙底，她们也嚼槟榔，不过把灰灭去就可以。她起床，漱口后第一件事是嚼槟榔，为底是使牙齿白而坚固，外面大姑底叫唤，她都听不见，只是嚼着；还吸着烟在那里出神。

四弟也在房里，听见姊姊叫着妻子，便对她说：“快出去罢。姊姊要生气了。”

“等我嚼完这口槟榔，吸完这口烟才出去。时候还早咧。”

“怎么你不听姊姊底话？”

“为什么要听你姊姊底话？你为什么不听我底话？”

“姊姊就像母亲一样。丈夫为什么要听妻子底话？”

“‘人未娶妻是母亲养底，娶了妻就是妻子养底。’你不听妻子底话，妻子可要打你好像打小孩子一样。”

“不要脸，那里来得这么大的孩子！我试先打你一下，看你打得过我不。”老四带着嬉笑的样子，拿着拓扇向妻子底头上要打下去。妻子放下烟管，一手抢了扇子，向着丈夫底额头轻打了一下，“这是谁打谁了！”

夫妇们在殡前是要在孝堂前后底地上睡底，好容易到早晨同进屋里略略梳洗一下，借这时间谈谈。他对于享尽天年底老父亲底悲哀，自然盖不过对于婚媾不久的夫妇底欢愉。所以，外头虽然尽其孝思；里面底“琴瑟”还是一样地和鸣。中国底天地好像不许夫妇们在丧期里有谈笑底权利似地。他们在闹玩时，门帘被风一吹，可巧被娣娣看见了。娣娣见她还没出来。正要来叫她，从布帘飞处看见四弟妇拿着拓扇打四弟，那无明火早就高起了一万八千丈。

“那里来底泼妇，敢打她底丈夫！”娣娣生气嚷着。

老四慌起来了。他挨着门框向娣娣说:“我们闹玩;没有什么事。”

“这是闹玩底时候么？怎么这样懦弱，教女人打了你，还替她说话？我非问她外家，看看这是什么家教不可。”

他退回屋里，向妻子伸伸舌头，妻子也伸着舌头回答他。但外面越呵责越厉害了。越呵责，四弟妇越不好意思出去上供，越不敢出去越要挨骂，妻子哭了。他在旁边站着。劝也不是，慰也不是。

她有一个随嫁底丫头，听得姑太越骂越有劲，心里非常害怕。十三四岁底女孩，那里会想事情底关系如何？她私自开了后门，一直跑回外家，气喘喘地说，“不好了！我们姑娘被他家姑太骂得很厉害，说要赶她回来咧！”

亲家爷是个商人，头脑也很率直，一听就有了气；说，“怎样说得这样容易——要就取去，不要就扛回来？谁家养女儿是要受别人底女儿欺负底？”他是个杂货行主，手下有许多工人，一号召，都来聚在他面前。他又不打听到底是怎么一回事，对着工人们一气地说，“我家姑娘受人欺负了。你们替我到许家去出出气。”工人一轰，就到了那有丧事底亲家门前，大兴问罪之师。

里面底人个个面对面呈出惊惶的状态。老四和妻子也相对无言，不晓得要怎办才好，外面底人们来得非常横逆，经兄弟们许多解释然后回去。姊姊更气得凶，跑到屋里，指着四弟妇大骂特骂起来。

“你这泼妇，怎么这一点点事情，也值得教外家底人来干涉？你敢是依仗你家里多养了几个粗人，就来欺负我们不成？难道你不晓得我们诗礼之家在丧期里要守制底么？你不孝的贱人，难道丈夫叫你出来上供是不对的，你就敢用扇头打他？你已犯七出之条了，还敢起外家来闹？好，要吃官司，你们可以一同上堂去，请官评评。弟弟是我抱大底，我总可以做抱告。”

妻子才理会丫头不在身边。但事情已是闹大了，自己不好再辩，因为她知道大姑底脾气，越辩越惹气。

第二天早晨，姊姊召集弟弟们在灵前，对他们说，“像这样的媳妇还要得么？我想待一会，就扛她回去。”这大题目一出来，几个弟弟都没有话说；最苦的就是四弟了。他知道“扛回去”就是犯“七出之条”时“先斩后奏”底办法，就颤声地向姊姊求情。姊姊鄙夷他说，“没志气的懦夫，还敢要这样的妇人么？她昨日所说底话我都听见了。女子多着呢，日后我再给你挑个好的。我们已预备和她家打官司，看看是礼教有势，还是她家工人底力量大。”

当事的四弟那时实在是成了懦夫了！他一点勇气也没有，因为这“不守制”“不敬夫”底罪名太大了，他自己一时也找不出什么话来证明妻子底无罪，有赦免底余地。他跑进房里，妻子哭得眼都肿了。他也哭着向妻子说，“都是你不好！”

“是，……是……我我……我不好，我对对……不起你！”妻子抽噎着说。丈夫也没有什么话可安慰她，只挨着她坐下，用手抚着她底脖项。

果然姊姊命人雇了一顶轿子，跑进房里，硬把她扶出来，把她头上底白麻硬换上一缕红丝，送她上轿去了。这意思就是说她此后就不是许家底人，可以不必穿孝。

“我有什么感想呢？我该有怎样的感想呢？懦夫呵！你不配颜在人世，就这样算了么？自私的我，却因为不贯彻无勇气而陷到这种地步，夫复何言！”当时他心里也未必没有这样的语言。他为什么懦弱到这步田地？要知道他原不是生在为夫妇的爱而生活底地方呀！

王亲家看见平地里把女儿扛回来，气得在堂上发抖。女儿也不能说什么，只跪在父亲面前大哭。老亲家口口声声说要打官司，女儿直劝无需如此，是她底命该受这样折磨底，若动官司只能使她和丈夫吃亏，而且把两家底仇恨结得越深。

老四在守制期内是不能出来底。他整天守着灵想妻子。姊姊知道他底心事，多方地劝慰他。姊姊并不是深恨四弟妇，不过她很固执，以为一事不对就事事不对，一时不对就永远不对。她看“礼”比夫妇底爱要紧。礼是古圣人定下来，历代的圣贤亲自奉行底。妇人呢？这个不好，可以挑那个。所以夫妇底配合只要有德有貌，像那不德、无礼的妇人，尽可以不要。

出殡后，四弟仍到他底书塾去。从前，他每夜都要回武馆街去底，自妻去后，就常住在窥园。他觉得一到妻子房里冷清清地，一点意思也没有，不如在书房伴着书眠还可以忘其愁苦。唉，情爱被压底人都是要伴书眠底呀！

天色晚，学也散了。他独在园里一棵芒果树下坐着发闷。妻子底随嫁丫头蓝从园门直走进来，他虽熟视着，可像不理会一样。等到丫头叫了他一声“姑爷”，他才把着她底手臂如见了妻子一般。他说，“你怎么敢来？……姑娘好么？”

“姑娘命我来请你去一趟。她这两天不舒服，躺在床上哪，她吩咐掌灯后才去，恐怕人家看见你，要笑话你。”

她说完，东张西望，也像怕人看见她来，不一会就走了。那几点钟底黄昏偏又延长了，他好容易等到掌灯时分！他到妻子家里，丫头一直就把他带到楼上，也不敢教老亲家知道。妻子底面比前几个月消疲了，他说，“我底……，”他说不下去了，只改过来说，“你怎么瘦得这个样子！”

妻子躺在床上也没起来，看见他还站着出神，就说，“为什么不坐，难道你立刻要走么？”她把丈夫揪近床沿坐下，眼对眼地看着。丈夫也想不出什么话来说，想分离后第一次相见底话是很难起首底。

“你是什么病？”

“前两天小产了一个男孩子！”

丈夫听这话，直像喝了麻醉药一般。

“反正是我底罪过大，不配有福分，连从你得来底孩子也不许我有了。”

“不要紧的，日后我们还可以有五六个。你要保养保养才是。”

妻子笑中带着很悲哀的神彩，说，“痴男子，既休的妻还能有生子女底荣耀么？”说时，丫头递了一盏龙眼干甜茶来。这是台湾人待生客和新年用底礼茶。

“怎么给我这茶喝；我们还讲礼么？”

“你以后再娶，总要和我生疏底。”

“我并没休你。我们底婚书，我还留着呢。我，无论如何，总要想法子请你回去底；除了你，我还有谁？”

丫头在旁边插嘴说，“等姑娘好了，立刻就请她回去罢。”

他对着丫头说，“说得很快，你总不晓得姑太和你家主人都是非常固执，非常喜欢赌气，很难使人进退底。这都是你弄出来底。事已如此，夫复何言！”

小丫头原是不懂事，事后才理会她跑回来报信底关系重大。她一听“这都是你弄出来底”，不由得站在一边哭起来。妻子哭，丈夫也哭。

一个男子底心志必得听那寡后回家当姑太底姊姊使令么？当时他若硬把妻子留住，姊姊也没奈他何，最多不过用“礼教底棒”来打他而已。但“礼教之棒”又真可以打破人底命运么？那时候，他并不是没有反抗礼教底勇气，是他还没得着反抗礼教底启示。他心底深密处也会像吴明远那样说，“该死该死！我既爱妹妹，而不知护妹妹，我既爱我自己而不知为我自己着想，我负了妹妹，我误了自己！事原来可以如人意，而我使之不能，我之罪恶岂能磨灭于万一，然而赴汤蹈火，又何足偿过失于万一呢？你还敢说：‘事已如此，夫复何言’么？”

四弟私会出妻底事，教姊姊知道，大加申斥。说他没志气。不过这样的言语和爱情没有关系。男女相待遇本如大人和小孩一样。若是男子爱他底女人，他对于她底态度语言、动作，都有父亲对女儿底倾向；反过来说，女人对于她所爱底男子也具足母亲对儿子底倾向。若两方都是爱者，他们同时就是被爱者，那是说他们都自视为小孩子故彼此间能吐露出真性情来。小孩们很愿替他们底好朋友担忧、受苦、用力；有情的男女也是如此。所以姊姊底申斥不能隔断他们底私会。

妻子自回外家后，很悔她不该贪嚼一口槟榔，贪吸一管旱烟，致误了灵前底大事。此后，槟榔不再入她底口，烟也不吸了。她要为自己底罪过忏悔，就吃起长斋来。就是她亲爱底丈夫有时来到，很难得的相见时，也不使他挨近一步，恐怕玷了她底清心。她只以念经绣佛为她此生唯一的本分，夫妇的爱不由得不压在心意底崖石底下。

十几年中，他只是希望他岳丈和他姊姊底意思可以挽回于万一。自己底事要仰望人家，本是很可怜的。亲家们一个是执拗，一个是赌气，因之光天化日底时候难以再得。

那晚上，他正陪姊姊在厅上坐着，王家底人来叫他。姊姊不许，说："四弟，不许你去。"

"姊姊，容我去看她一下罢。听说她这两天病得很厉害，人来叫我，当然是很要紧的，我得去看看。"

"反正你一天不另娶，是一天忘不了那泼妇底。城外那门亲给你讲了好几年，你总是不介意。她比那不知礼的妇人好得多——又美、又有德。"

这一次，他觉得姊姊底命令也可以反抗了。他不听这一套，径自跑进屋里，把长褂子一披，匆匆地出门。姊姊虽然不高兴，也没法揪他回来。

到妻子家，上楼去。她躺在床上，眼睛半闭着，病状已很凶恶。他哭不出来，走近前，摇了她一下。

"我底夫婿，你来了！好容易盼得你来！我是不久的人了，你总要为你自己的事情打算；不要像这十几年，空守着我，于你也没有益处。我不孝已够了，还能使你再犯不孝之条么？——'不孝有三，无后为大。’”

“孝不孝是我底事；娶不娶也是我底事。除了你，我还有谁？”

这时丫头也站在床沿。她已二十多岁，长得越妩媚、越懂事了。她底反省，常使她起一种不可言喻的伤心，使她觉得她永远对不起面前这位垂死的姑娘和旁边那位姑爷。

垂死的妻子说：“好罢，我们底恩义是生生世世的。你看她，”她撮嘴指着丫头，用力往下说，“她长大了。事情既是她弄出来底，她得替我偿还。”她对着丫头说，“你愿意么？”丫头红了脸，不晓得要怎样回答。她又对丈夫说，“我死后，她就是我了。你如记念我们旧时的恩义，就请带她回去，将来好替我……”

她把丈夫底手拉去，使他揸住丫头底手，随说，“唉，子女是要紧的，她将来若能替我为你养几个子女，我就把她从前的过失都宽恕了。”

妻子死后好几个月，他总不敢向姊姊提起要那丫头回来。他实在是很懦弱的，不晓怎样怕姊姊会怕到这地步！

离王亲家不远住着一位老妗婆。她虽没为这事担心，但她对于事情底原委是很明了底。正要出门，在路上遇见丫头，穿起一身素服，手挽着一竹篮东西，她问，“蓝，你要到那里去？”

“我正要上我们姑娘底坟去。今天是她底百日。”

老妗婆一手扶着杖，一手捏着丫头底嘴巴，说，“你长得这么大了，还不回武馆街去么？”丫头低了头，没回答她。她又问，“许家没意思要你回去么？”

从前的风俗对于随嫁底丫头多是预备给姑爷收起来做二房底，所以妗婆问得很自然。丫头听见“回去”两字，本就不好意思，她双眼望着地上，摇摇头，静默地走了。

妗婆本不是要到武馆街去底，自遇见丫头以后，就想她是个长辈之一，总得赞成这事。她一直来投她底甥女，也叫四外甥来告诉他应当办底事体。姊姊被妗母一说，觉得再没有可固执底了；说，“好罢，明后天预备一顶轿子去扛她回来就是。”

四弟说：“说得那么容易？要总得照着娶继室底礼节办；她底神主还得请回来。”

姊姊说:“笑话,她已经和她底姑娘一同行过礼了,还行什么礼?神主也不能同日请回来底。”

老妗母说:“扛回来时，请请客，当做一桩正事办也是应该底。”

他们商量好了，兄弟也都赞成这样办。“这种事情，老人家最喜欢不过，”老妗母在办事底时候当然是一早就过来了。

这位再回来底丫头就是我底祖母了。所以我有两个祖母，一个是生身祖母，一个是常住在外家底“吃斋祖母”——这名字是母亲给我们讲祖母底故事时所用底题目。又“丫头”这两个字是我家底“圣讳”，平常是不许说底。

我又讲回来了。这种父母的爱底经验，是我们最能理会底。人人经验中都有多少“祖母的心”“母亲”“祖父”“爱儿”等等事迹，偶一感触便如悬崖泻水，从盘古以来直说到于今。我们底头脑是历史的，所以善用这种才能来描写一切的故事。又因这爱父母底特性，故在作品中，任你说到什么程度，这一点总抹杀不掉。我爱读《芝兰与茉莉》，因为他是源源本本地说，用我们经验中极普遍的事实触动我。我想凡是有祖母底人，一读这书，至少也会起一种回想底。

书看完了，回想也写完了，上课底钟直催着。现在的事好像比往事要紧；故要用工夫来想一想祖母底经历也不能了！大概她以后底境遇也和书里底祖母有一两点相同罢。

写于哥仑比亚图书馆四一三号，检讨室，

十三年，二月，十日。

上景山

无论那一季，登景山，最合宜的时间是在清早或下午三点以后。晴天，眼界可以望到天涯底朦胧处；雨天，可以赏雨脚底长度和电光底迅射；雪天，可以令人咀嚼着无色界底滋味。

在万春亭上坐着，定神看北上门后底马路（从前路在门前，如今路在门后），尽是行人和车马，路边底梓树都已掉了叶子。不错，已经立冬了，今年天气可有点怪，到现在还没冻冰。多谢芰荷底业主把残茎都去掉，教我们能看见紫禁城外护城河底水光还在闪烁着。

神武门上是关闭得严严地。最讨厌是楼前那枝很长的旗竿，侮辱了全个建筑底庄严。门楼两旁树它一对，不成吗？禁城上时时有人在走着，恐怕都是外国的旅人。

皇宫一所一所排列着非常整齐。怎么一个那么不讲纪律底民族，会建筑这么严整的宫庭？我对着一片黄瓦这样想着。不，说不讲纪律未免有点过火，我们可以说这民族是把旧的纪律忘掉，正在找一个新的咧。新的找不着，终久还要回来底。北京房子，皇宫也算在里头，主要的建筑都是向南底，谁也没有这样强迫过建筑者，说非这样修不可。但纪律因为利益所在，在不言中被遵守了。夏天受着解愠的薰风，冬天接着可爱的暖日，只要守着盖房子底法则，这利益是不用争而自来的。所以我们要问在我们底政治社会里有这样的薰风和暖日吗?

最初在崖壁上写大字铭功底是强盗底老师，我眼睛看着神武门上底几个大字，心里想着李斯。皇帝也是强盗底一种，是个白痴强盗。他抢了天下把自己监禁在宫中，把一切实物聚在身边，以为他是富有天下。这样一代过一代，到头来还是被他底糊涂奴仆，或贪婪臣宰，讨，瞒，偷，换，到连性命也不定保得住。这岂不是个白痴强盗?在白痴强盗底下才会产出大盗和小偷来。一个小偷，多少总要有一点跳女墙蹧狗洞底本领，有他底禁忌，有他底信仰和道德。大盗只会利用他底奴性去请托攀缘，自赞赞他，禁忌固然没有，道德更不必提。谁也不能不承认盗贼是寄生人类底一种，但最可杀的是那班为大盗之一底斯文贼。他们不像小偷为延命去营鼠雀底生活；也不像一般的大盗，凭着自己的勇敢去抢天下。所以明火打劫底强盗最恨底是斯文贼。这里我又联想到张献忠。有一次他开科取士，檄诸州举贡生员，后至者妻女充院，本犯剥皮，有司教官斩，连坐十家。诸生到时，他要他们在一丈见方底大黄旗上写个帅字，字画要像斗底粗大，还要一笔写成。一个生员王志道缚草为笔，用大缸贮墨汁将草笔泡在缸里，三天，再取出来写。果然一笔写成了。他以为可以讨献忠底喜欢，谁知献忠说，“他日图我必定是你。”立即把他杀来祭旗。献忠对待念书人是多么痛快。他们知道他们是寄生底寄生。他底使命是来杀他们。

东城西城底天空中，时见一群一群旋飞底鸽子。除去打麻雀，逛窑子，上酒楼以外，这也是一种古典的娱乐。这种娱乐也来得群众化一点。它能在空中发出和悦的响声，翩翩地飞绕着，教人觉得在一个灰白色的冷天，满天乱飞乱叫底老鸹底讨厌。然而在刮大风底时候，若是你有勇气上景山底最高处，看看天安门楼屋脊上底鸦群，噪叫底声音是听不见，它们随风飞扬，直像从什么大树飘下来底败叶，凌乱得有意思。

万春亭周围被挖得东一沟，西一窟。据说是管宫底当局挖来试看煤山是不是个大煤堆，像历来的传说所传底，我心里暗笑信这说底人们。是不是因为北宋亡国底时候，都人在城被围时，拆毁艮狱底建筑木材去充柴火，所以计画建筑北京底人预先堆起一大堆煤，万一都城被围底时，人民可以不拆宫殿。这是笨想头。若是我来计画，最好来一个米山。米在万急的时候，也可以生吃，煤可无论如何吃不得。又有人说景山是太行底最终一峰。这也是瞎说。从西山往东几十里平原，可怎么不偏不颇，在北京城当中出了一座景山？若说北京底建设就是对着景山底子午，为什么不对北海底琼岛？我想景山明是开紫禁城外底护城河所积底土，琼岛也是垒积从北海挖出来底土而成底。

从亭后底栝树缝里远远看见鼓楼。地安门前后底大街，人马默默地走，城市底喧嚣声，一点也听不见。鼓楼是不让正阳门那样雄壮地挺着。它底名字，改了又改，一会是明耻楼，一会又是齐政楼，现在大概又是明耻楼吧。明耻不难，雪耻得努力。只怕市民能明白那耻底还不多，想来是多么可怜。记得前几年“三民主义”“帝国主义”这套名词随着北伐军到北平底时候，市民看些篆字标语，好像都明白各人蒙着无上的耻辱，而这耻辱是由于帝国主义底压迫。所以大家也随声附和，唱着打倒和推翻。

从山上下来，崇祯殉国底地方依然是那棵半死的槐树。据说树上原有一条练子锁着，庚子联军入京以后就不见了。现在那枯槁的部分，还有一个大洞，当时的练痕还隐约可以看见。义和团运动底结果，从解放这棵树，发展到解放这民族。这是一件多么可以发人深思底对象呢？山后底柏树发出幽恬底香气，好像是对于这地方底永远供物。

寿皇殿锁闭得严严地，因为谁也不愿意努尔哈赤底种类再做白痴的梦。每年底祭祀不举行了，庄严的神乐再也不能听见，只有从乡间进城来唱秧歌底孩子们，在墙外打底锣鼓，有时还可以送到殿前。

到景山门，回头仰望顶上方才所坐底地方，人都下来了。树上几只很面熟却不认得底鸟在叫着。亭里残破的古佛还坐在结那没人能懂底手印。

先农坛

曾经一度繁华过底香厂，现在剩下些破烂不堪的房子，偶尔经过，只见大兵们在广场练国技。望南再走，排地摊底犹如往日，只是好东西越来越少，到处都看见外国来底空酒瓶，香水樽，胭脂盒，乃至簇新的东洋瓷器。故衣摊不入时底衣服，“一块八”，“两块四”，叫卖底伙计连翻带嚷地兜揽，买主没有，看主却是很多。

在一条凹凸得格别底马路上走，不觉进了先农坛底地界。从前在坛里底惟一新建筑，“四面钟”，如今只剩一座空洞的高台，四围底柏树早已变成富人们底棺材或家私了。东边一座礼拜寺是新的。球场上还有人在那里练习。绵羊三五群，遍地拔着枯黄的草根。风稍微一动，尘土便随着飞起，可惜颜色太坏，若是雪白或朱红，岂不是很好的国货化妆材料？

到坛北门，照例买票进去。古柏依旧，茶座全空。大兵们住在大殿里，很好看底门窗，都被拆作柴火烧了，希望北平市游览区划定以后，可以有一笔大款来修理。北平底旧建筑，渐次少了，房主不断地卖拆货。像最近定王府，原是明朝胡大海底府邸，论起建筑底年代足有五百多年，假若政府有心保存北平古物，决不致于让市民随意拆毁。拆一间是少一间。现在坛里，大兵拆起公建筑来了。爱国得先从爱惜公共的产业做起，得先从爱惜历史的陈迹做起。

观耕台上坐着一男一女，正在密谈，心情底热真能抵御环境底冷。桃树柳树都脱掉叶衣，做三冬底长眠，风摇，鸟唤，都不听见。雩坛边底鹿，伶俐的眼睛瞭望着过路底人。游客本来有三两个，它们见了格外相亲。在那么空旷的园囿，本不必拦着它们，只要四围开上七八尺深底沟，斜削沟底里壁，使当中成一个圆丘，鹿放在当中，虽没遮拦，也跳不上来。这样，园景必定优美得多。星云坛比狱渎坛更破烂不堪。干蒿败艾，满布在砖缝瓦罅之间，拂人衣裾，便发出一种清越的香味。老松在夕阳底下默然站着。人说它像盘旋的虬龙，我说它像开屏底孔雀，一颗一颗底松球，衬着暗绿的针叶，远望着更像得很。松是中国人底理想性格，画家没有不喜欢画它。孔子说它后凋还是曲了它，应当说它不凋才对。英国人对于橡树底情感就和中国对于松树底一样。中国人爱松并不尽是因为它长寿，乃是因它当飘风飞雪底时节能够站得住，生机不断，可发荣底时间一到，便又青绿起来。人对着松树是不会失望底。它能给人一种兴奋，虽然树上留着许多枯枝，看来越发增加它底壮美。就是枯死，也不像别的树木等闲地倒下来。千年百年是那么立着，藤萝缠它，薜荔黏它，都不怕，反而使它更优越，更秀丽。古人说松籁好听得像龙吟。

龙吟我们没听过，可是它所发出底逸韵，真能使人忘掉名利，动出尘底想头，可是要记得这样的声音，决不是一寸一尺底小松所能发出，非要经得百千年底磨练，受过风霜或者还吃过斧斤底亏，能够立得定以后，是做不到底。所以当年壮底时候，应学松柏底抵抗力，忍耐力，和增进力；到年衰底时候，也不妨送出清越的籁。

对着松树坐了半天，金黄色底霞光已经收了，不免离开雩坛直出大门。门外前几年挖底战壕，还没填满。羊群领着我向着归路。道旁放着一担菊花，卖花人站在一家门口与那淡妆底女郎讲价。不提防担里底黄花教羊吃了好几棵。那人索性将两棵带泥丸底菊花向羊群猛掷过去，口里骂“你等死底羊孙子！”可也没奈何。吃剩底花散布在道上，也教车轮辗碎了。

忆卢沟桥

记得离北平以前，最后到卢沟桥，是在二十二年底春天。我与同事刘兆蕙先生在一个清早由广安门顺着大道步行，经过大井村，已是十点多钟。参拜了义井庵底千手观音，就在大悲阁外少憩。那菩萨像有三丈多高，是金铜铸成底，体相还好，不过屋宇倾颓，香烟零落，也许是因为求愿底人们发生了求财赔本求子丧妻底事情罢。这次底出游本是为访求另一尊铜佛而来底。我听见从宛平城底人告诉我那城附近有所古庙塌了，其中许多金铜佛像，年代都是很古的。为知识上的兴趣，不得不去采访一下。大井村底千手观音是有著录底，所以也顺便去看看。

出大井村，在官道上，巍然立着一座牌坊，是乾隆四十年建底。坊东面额书“经环同轨”，西面是“荡平归极”。建坊底原意不得而知，将来能够用来做凯旋门那就最合宜不过了。

春天底燕郊，若没有大风，就很可以使人流连。树干上或土墙边蜗牛在画着银色底涎路。它们慢慢移动，像不知道它们底小介壳以外还有什么宇宙似地。柳塘边底雏鸭披着淡黄色底毛，映着嫩绿的新叶；游泳时，微波随蹼翻起，泛成一弯一弯动着底曲纹，这都是生趣底示现。走乏了，且在路边底墓园少住一回。刘先生站在一座很美丽的窣堵波上，要我给他拍照。在榆树荫覆之下，我们没感到路上太阳底皓烈。寂静的墓园里，虽没有什么名花，野卉倒也长得顶得意地。忙碌的蜜蜂，两只小腿黏着些少花粉，还在采集着，蚂蚁为争一条烂残的蚱蜢腿，在枯藤底根本上争斗着。落网底小蝶，一片翅膀已失掉效用，还在挣扎着。这也是生趣底示现，不过意味有点不同罢了。

闲谈着，已见日丽中天，前面宛平城也在城之内了。宛平城在卢沟桥北，建于明崇祯十年，名叫“拱北城”，周围不及二里只有两个城门，北门是顺治门，南门是永昌门。清改拱北为拱极，永昌门为威严门。南门外便是卢沟桥。拱北城本来不是县城，前几年因为北平改市，县衙才移到那里去，所以规模极其简陋。从前它是个卫城，有武官常驻镇守着，一直到现在，还是一个很重要的军事地点。我们随着骆驼队进了顺治门，在前面不远，便见了永昌门。大街一条，两边多是荒地。我们到预定的地点去探访，果见一个庞大的铜佛头和些铜像残体横陈在县立学校里底地上。拱北城内原有观音庵与兴隆寺，兴隆寺内还有许多已无可考底广慈寺底遗物，那些铜像究竟是属于那寺底也无从知道。我们摩挲了一回，才到卢沟桥头底一家饭店午膳。

自从宛平县署移到拱北城，卢沟桥便成为县城底繁要街市。桥北底商店民居很多，还保存着从前中原数省入京孔道底规模。桥上底碑亭虽然朽坏，还矗立着。自从历年底内战，卢沟桥更成为戎马往来底要冲。加上长辛店战役底印象，使附近的居民都知道近代战争底大概情形，连小孩也知道飞机，大炮，机关枪，都是做什么用底。到处墙上虽然有标语贴着底痕迹。而在色与量上可不能与卖药底广告相比。推开窗户，看着永定河底浊水穿过疏林，向东南流去。想起陈高底诗："卢沟桥西车马多，山头白日照清波。毡卢亦有江南妇，愁听金人出塞歌。"清波不见，浑水成潮，是记述与事实底相差，抑昔日与今时底不同，就不得而知了。但想象当日桥下雅集亭底风景，以及金人所掳江南妇女，经过此地底情形，感慨便不能不触发了。

从卢沟桥上经过底可悲可恨可歌可泣的事迹，岂止被金人所掠底江南妇女那一件？可惜桥槛上蹲着底石狮子个个只会张牙裂眦结舌无言，以致许多可以稍留印迹底史实，若不随蹄尘飞散，也教轮辐压碎了。我又想着天下最有功德的是桥梁。它把天然的阻隔连络起来，它从这岸度引人们到那岸。在桥上走过底是好是歹，于它本来无关，何况在上面走底不过是长途中底一小段，它那能知道何者是可悲可恨可泣呢？它不必记历史，反而是历史记着它。卢沟桥本名广利桥，是金大定二十七年始建，至明昌二年（公元一一八九至一一九二）修成底。它拥有世界的声名是因为曾入马哥博罗底记述。

马哥博罗记作“普利桑乾”，而欧洲人都称它做“马哥博罗桥”，倒失掉记者赞叹桑乾河上一道大桥底原意了。中国人是擅于修造石桥底，在建筑上只有桥与塔可以保留得较为长久。中国底大石桥每能使人叹为鬼役神工，卢沟桥底伟大与那有名的泉州洛阳桥和漳州虎渡桥有点不同。论工程，它没有这两道桥底宏伟，然而在史迹上，它是多次系着民族安危。纵使你把桥拆掉，卢沟桥底神影是永不会被中国人忘记底。这个在七七事件发生以后，更使人觉得是如此。当时我只想着日军许会从古北口入北平，由北平越过这道名桥侵入中原，决想不到火头就会在我那时所站底地方发出来。

在饭店里，随便吃些烧饼，就出来，在桥上张望。铁路桥在远处平行地架着。驮煤底骆驼队随着铃铛底音节整齐地在桥上迈步。小商人与农民在雕栏下作交易上很有礼貌的计较。妇女们在桥下浣衣，乐融融地交谈。人们虽不理会国势底严重，可是从军队里宣传员口里也知道强敌已在门口。我们本不为做间谍去底，因为在桥上向路人多问了些话，便教警官注意起来。我们也自好笑。我是为当事官吏底注意而高兴，觉得他们时刻在提防着，警备着，过了桥，便望见实柘山，苍翠的山色，指示着日斜多了几度。在砾原上流连片时，暂觉晚风拂衣，若不回转，就得住店了，“卢沟晓月”是有名的。为领略这美景，到店里住一宿，本来也值得，不过我对于晓风残月一类的景物素来不大喜爱。我爱月在黑夜里所显底光明。晓月只有垂死的光，想来是很凄凉的。还是回家罢。

我们不从原路去，就在拱北城外分道。刘先生沿着旧河床，向北回海甸去。我检了几块石头，向着八里庄那条路走。进到阜成门，望见北海底白塔已经成为一个剪影贴在洒银底暗蓝纸上。

牛津的书虫

牛津实在是学者的学国，我在此地两年底生活尽用于波德林图书馆，印度学院，阿克关屋（社会人类学讲室），及曼斯斐尔学院中，竟不觉归期已近。

同学们每叫我做“书虫”，定蜀尝鄙夷地说我于每谈论中，不上三句话，便要引经据典，“真正死路”！刘锴说：“你成日读书，睇读死你呀！”书虫诚然是无用的东西，但读书读到死，是我所乐为。假使我底财力、事业能够容允我，我诚愿在牛津做一辈子底书虫。

我在幼时已决心为书虫生活。自破笔受业直到如今，二十五年间未尝变志。但是要做书虫，在现在的世界本不容易。须要具足五个条件才可以。五件者：第一要身体康健；第二要家道丰裕；第三要事业清闲；第四要志趣淡薄；第五要宿慧超越。我于此五件，一无所有！故我以十年之功只当他人一夕之业。于诸学问、途径还未看得请楚，何敢希望登堂入室？但我并不因我底资质与境遇而灰心，我还是抱着读得一日便得一日之益底心志。

为学有三条路向：一是深思，二是多闻，三是能干。第一途是做成思想家底路向；第二是学者；第三是事业家。这三种人同是为学，而其对于同一对象底理解则不一致。譬如有人在居庸关下偶然检起一块石头，一个思想家要想他怎样会在那里，怎样被人检起来，和他底存在底意义。若是一个地质学者，他对于那石头便从地质方面源源本本地说。若是一个历史学者，他便要探求那石与过去史实有无底关系。

若是一个事业家，他只想着要怎样利用那石而已。三途之中，以多闻为本。我邦先贤教人以“博闻强记”，及教人“不学而好思，虽知不广”底话，真可谓能得为学底正谊。但在现在的世界，能专一途底很少。因为生活上等等的压迫，及种种知识上的需要，使人难为纯粹的思想家或事业家。假使苏格拉底生于今日的希拉，他难免也要写几篇关于近东问题底论文投到报馆里去卖几个钱。他也得懂得一点汽车、无线电的使用方法。也许他也会把钱财存在银行里。这并不是因为“人心不古”，乃是因为人事不古。近代人需要等等知识为生活底资助，大势所趋，必不能在短期间产生纯粹的或深邃的专家。故为学要先多能，然后专攻，庶几可以自存，可以有所供献。吾人生于今日，对于学问，专既难能，博又不易，所以应于上列三途中至少要兼二程。兼多闻与深思者为文学家。兼多闻与能干底为科学家。就是说一个人具有学者与思想家底才能，便是文学家；具有学者与专业家的功能底，便是科学家。文学家与科学家同要具学者底资格所不同者，一是偏于理解，一是偏于作用，一是修文，一是格物（自然我所用科学家与文学家底名字是广义的）。进一步说，舍多闻既不能有深思，亦不能生能干，所以多闻是为学根本。多闻多见为学者应有底事情，如人能够做到，才算得过着书虫的生活。当彷徨于学问底歧途时，若不能早自决断该向哪一条路走去，他底学业必致如荒漠的砂粒，既不能长育生灵，又不堪制作器用。即使他能下笔千言，必无一字可取。纵使他能临事多谋，必无一策能成。我邦学者，每不擅于过书虫生活，在歧途上既不能慎自抉择，复不虚心求教；过得去时，便充名士；过不去时，就变劣绅，所以我觉得留学而学普通知识，是一个民族最羞耻的事情。

我每觉得我们中间真正的书虫太少了。这是因为我们当学生底多半穷乏，急于谋生，不能具足上说五种求学条件所致。从前生活简单，旧式书院未变学堂底时代，还可以希望从领膏火费底生员中造成一二。至于今日底官费生或公费生，多半是虚掷时间和金钱底。这样的光景在留学界中更为显然。

牛津底书虫很多，各人都能利用他底机会去钻研，对于有学无财底人，各学院尽予津贴，未卒业者为“津贴生”，已卒业者为“特待校友”，特待校友中有一辈以读书为职业底。要有这样的待遇，然后可产出高等学者。在今日的中国要靠著作度日是绝对不可能的，因社会程度过低，还养不起著作家。……所以著作家底生活与地位在他国是了不得，在我国是不得了！著作家还养不起，何况能养在大学里以读书为生的书虫？这也许就是中国底“知识阶级”不打而自倒底原因。

……

书信

无法投递之邮件

弁言

有话说不出是苦；说出来没有人听，更苦。有信不能投递是不幸；递而递不到，更不幸。这样的苦与不幸，稍有人间经验底人没有一个不尝过。

一个惯在巴黎歌剧场鉴赏歌舞底人到北京底茶园去听昆曲，也许会捧腹大笑，说“这是什么音乐？”这样的人，我们可以说他不懂昆曲。一只百灵在笼里嘤鸣，养它底主人虽然听不懂它底意思，却也能羡赏它底声音，或误会它，以为它向着自己献媚。一只蜩蝉藏在阴森的丛叶底下，不断地长鸣，也是为求它底伴侣，可是有时把声音叫嘶了，还是求不着。在笼里底鸟不能因为自己不自由，或被人误会而不唱。在叶底底蝉不能因求伴不得而不叫唤。说话与写信也是如此。听不懂，看不懂，未必不能再说，再写。至若辞不达意，而读者能够理会，就更可以写；辞能达意，明知读者要误会，亦不能不写。写在我，读在人，理会与误会，我可以不管。投在我，递在人，有法投递与无法投递，我也可以不管。只要写了，投了，我心就安慰而满足了。只要我底情意表示出来，虽递不到，我也算它递到了。

十六年十一月落华生自叙于面壁斋

给诵幼

不能投递之情形——地址不明，退发信人写明再递。

诵幼，我许久没见你了。我近来患失眠症。梦魂呢，又常困在躯壳里，飞不到你身边，心急得狠。但世间事本无容人着急底余地，越着急越不能到；我只得听其自然罢了。你总不来我这里，也许你怪我那天藏起来，没有出来帮你忙底缘故。呀，诵幼，若你因那事怪了我，可就冤枉极了！我在那时，全身已泡在烦恼的海中，自救尚且不暇，何能顾你？今天接定慧底信，说你已经被释放了，我实在欢喜得狠！诵幼，此后须要小心和男子相往来。你们女子常说“男子坏的狠多”，这话诚然不错。但我以为男子底坏，并非他生来就是如此，是跟女子学来底。诵幼，我说这话，请你不要怪我。你底事且不提，我拿文锦底事来说罢。他对于尚素本来是狠诚实的，但尚素要将她和文锦底交情变为更亲密的交情,故不得胡乱献些殷勤。女人的殷勤，就是使男子变坏的砒石哟！我并不是说女子对于男子要狠森严，冷酷，像怀霄待人一样，不过说没有智慧的殷勤是危险的罢了。

我盼望你今后的景况像湖心底白鹄一样。

给贞蕤

不能投递之情形——此人已离广州。

自走马营一别，至今未得你底消息。知道你底生活和行脚僧一样，所以没有破旅愁底书信给你念。昨天从天处听见你底近况，且知道你现在住在这里，不由得我不写这几句话给你。

我底朋友，你想北极底冰洋上能够长出花菖蒲，或开得像亚马逊河边底王莲来么？我劝你就回家去罢。放着你清凉而恬淡的生活不享；飘零着找那不知心的知心人，为何自找这等刑罚？纵说是你当时得罪了他，要找着他向他谢罪，可是罪过你已认了，那温润不挠，如玉一般的情好岂能弥补得毫无瑕疵？

我底朋友，我常想着我曾用过一管笔，有一天无意中把笔尖误烧了（因为我要学篆书，听人说烧了尖好写），就不能再用它。但我狠爱那笔，用尽许多法子，也补救不来；就是拿去找笔匠，也不能出什么主意，只是教我再换过一管罢了。我对于那天天接触底小宝贝，虽舍不得扔掉，也不能不把它藏在笔囊里。人情虽不能像这样换法，然而，我们若在不能换之中，姑且当做能换，也就安慰多了。你有心牺牲你底命运，他却无意成就你底愿望，你又何必？我劝你早一点回去罢，看你年少的容貌快要从镜中逃走：在你背后底黑影快要闯入你底身里，把你青春一切活泼的风度赶走，把你光艳的躯壳夺去了。

我再三叮咛你，不知心的知心人，纵然找着了，只是加增懊恼，毫无用处底。

答劳云

不能投递之情形——劳云已投金光明寺，在岭上，不能递。

中夜起来，月还在座，渴鼠蹑上桌子偷我笔洗里底墨水喝，我一下床它就吓跑了。它惊醒我，我吓跑它，也是公道的事情。到窗边坐下，且不点灯，回想去年此夜，我们正在了因底园里共谈，你说我们在万本芭蕉底下直像草根底下斗鸣底小虫。唉，今夜那园里底小虫必还在草根底下叫着，然而我们呢？本要独自出去一走，争奈院里鬼影历乱，又没有侣伴，只得作罢了。睡不着，偏想茶喝。到后房去，见我底小丫头被慵睡锁得狠牢固，不好解放她。喝茶底念头，也得作罢了。回到窗边坐下，摩摩窗棂，无意摩着你前月底信，就仗着月灯再念了一遍。可幸你底字比我写得还要粗大，念时，尚不费劲。在这时候，只好给你写这封回信。

劳云，我对了因所说，那得天下荒山，重叠围合，做个大监牢——野兽当逻卒，烟云拟桎梏，古树作栅栏，茑萝为索，——闲散地囚尽你这流动人愁怀底诗犯？不想真要自首去了！去也好，但我只怕你一去到，那里便成为诗境，不是诗牢了。

你问我为什么叫你做诗犯，我自己也不知其所以然。我觉得你底诗虽然狠好，可是你心里所有底和手里写出来底总不能适合，不如把笔摔掉，到那只许你心儿领会底诗牢去更妙。遍世间尽是诗境，所以诗人易做。诗人无论遇着什么，总不肯默着，非发出些愁苦的诗不可，真是难解。譬如今夜夜色，若你在时，必要把院里所有的调戏一番，非教他们都哭了，你不甘心。这便是你底过犯。所以我要叫你做诗犯，狠盼望你做个诗犯。

一手按着手电灯，一手写字，狠容易乏，不写了。今夜起来，本不是为给你写回信，然而在不知不觉中，就误了我半小时，不能和我那个“月”默谈。这又是你的罪过!

院里的虫声直如鬼哭，听得我毛发尽竦。还是埋头枕底，让那只小鼠畅饮一场罢。

给小峦

不能投递之情形——此人已入疯人院。

绿绮湖边底夜谈，是我们所不能忘掉底。但是，小峦，我要告诉你，迷生决不能和我一样，常常惦念着你，因为他底心多用在那恋爱底遗骸上头。你不是教我探究他底意思吗？我昨天一早到他那里去，在一件事情上，使我理会他还是一个爱底坟墓底守护者。若是你愿意听这段故事，我就可以告诉你。

我一进门时，他垂着头好像狠悲伤的样子，便问："迷生，你又想什么来？"他叹了一声才说："她织给我底领带已经坏了！我身边再也没有她底遗物了！人丢了！她底东西也要陆续地跟着她走，真是难解。"我说："是的，太阳也有破坏底日子，何况一件小小东西，你不许他坏，成么？"

"为什么不成？若是我不用它，就可以保全它。然而我怎能不用？我一用她给我留下底器物，就借那些东西要和她交通，且要得着无量安慰。"他低垂的视线牵着手里底旧领带，接着说，"唉！现在她底手泽都完了！"

小峦，你想他这样还能把你惦记在心里么？你太轻于自信了。我不是使你失望，我狠了解他，也了解你，你们固然是亲戚，但我要提醒你，除疏淡的友谊外，不要多走一步。因为，凡最终的地方，都是在对岸那狠高，狠远，狠暗，且不能用平常舟车达到底。你和迷生的事，据我现在底观察，纵使蜘蛛底丝能够织成帆，蜣螂底甲能够装成船，也不能渡你过第一步要过底心意底洋。你不要再发痴了！还是回向莲台，拜你那低头不语底偶像好。你常说我给麻醉剂你服，不错的！若是我给一毫一厘的兴奋剂你服，恐怕你要起不来了。

给爽君夫妇

不能投递之情形——爽君逃了！不知去向。

你的问题，实在是时代的问题，我不是先知，也不能说出其中底秘奥。但我可以把几位朋友所说底话介绍给你知道，你定然是狠乐意地念一念。

我有一位朋友说："要双方发生误解，才有爱情。"他底意思以为相互的误解是爱情底基础。若有一方面了解，一方面误解，爱也无从悬挂底。若两方都互相了解，只能发生更好的友谊罢了。爱情底发生，因为我不知道你是怎么一回事，你也不知道我是怎么一回事才有底。多会彼此都知道得狠透澈，那时便是爱情底老死期了。

又有一位朋友说："爱情是彼此帮助：凡事不顾自己，只顾人。"这句话，据我看来，未免广泛一点。我想你也知道其中不尽然底地方。

又有一位朋友说："能够把自己的人格忘了，去求两方更高的共同人格，便是爱情。"他以为爱情是无我相底，有"我"底执着便不能爱，所以要把人格丢掉。然而人格在人间生活底期间内是不能抛弃底，为这缘故，就不能不再找一个比自己人格更高尚的东西。他说这要找底便是共同人格。两方因为再找一个共同人格，在某一点上相遇了，便连合起来，成为爱情。

此外有许多陈腐而狠新鲜的论调我也不多说了。总之，爱情是非常神秘，而且是一个人一样底。近时的作家每要夸炫说“我是不写爱情小说，不做爱情诗底”。介绍一个作家，也要说“他是不写爱情的文艺底”。我想这就是我们不能了解爱情本体底原因。爱情就是生活，若是一个作家不会描写，或不敢描写，他便不配写其余的文艺。

我自信我是有情人，虽不能知道爱情底神秘，却愿多多地描写爱情生活。我立愿尽此生，能写一篇爱情生活，便写一篇；能写十篇，便写十篇；能百，千，亿，万篇，便写百，千，亿，万篇。立这悲愿，为底是安慰一般互相误解，不明白的人。你能不骂我是爱情牢狱底广告人么？

这信写来答复爽君。亦雄也可同念。

复诵幼

不能投递之情形——该处并无此人。

“是神造宇宙，造人间，造人，造爱；还是爱造人，造人间，造宇宙，造神？”这实与“是男生女，是女生男”底旧谜一般难决。我总想着人能造底少，而能破底多。同时，这一方面是造，那一方面便是破。世间本没有“无限”。你破璞来造你底玉簪，破贝来造你底珠珥，破木为梁，破石为墙，破蚕，绵，麻，麦，牛，羊，鱼，鳖底生命来造你底日用饮食；乃至破五金来造货币，枪弹，以残害同类，异种底生命；都是破造双成底。要生活就得破。就是你现在的“室家之乐”也从破得来。你破人家亲子之爱来造成你底配偶，又何尝不是破？破是不坏的，不过现代的人还找不出破坏量少而建造量多底一个好方法罢了。

你问我和她底情谊破了不，我要诚实地回答你说：诚然，我们底情谊已经碎为流尘，再也不能复原了。但在清夜中，旧谊底鬼灵曾一度蹑到我记忆底仓库里，悄悄把我伐情的斧——怨恨——拿走。我揭开被褥起来待要追他，他已乘着我眼中底毛轮飞去了。这不易寻觅的鬼灵只留他底踪迹在我底书架上。原来那是伊人底文件！我伸伸腰，揉揉眼，取下来念了又念，伊人底冷面复次显现了。旧的情谊又从字里行间复活起来。相怨后底复和，总解不通从前是怎么一回事，也诉不出其中的甘苦。心面上底青紫惟有用泪洗濯而已。有涩泪可流底人还算不得是悲哀者。所以我还能把壁上底琵琶抱下来弹弹，一破清夜底岑寂。你想我对着这归来底旧好必要弹些高兴的调子。可是我那夜弹来弹去只是一阕《长相忆》，总弹不出《好事近》！奈何，奈何？我理会从记忆底坟里复现底旧谊，多少总有些分别。但玉在她底信里附着几句短词嘲我说：

噫，说到相怨总是表面事，

心里的好人仍是旧相识。

是爱是憎本不容你做主。

你到底是个爱恋底奴隶！她嘲我底未免太过。然而那夜底境遇实是我破从前一切情愫所建造底。此后，纵然表面上极淡的交谊也没有，而我们心心底理会仍可以来去自如。

你说爱是神所造，劝我不要拒绝，我本没有拒绝，然而憎也是神所造，我又怎能不承纳呢？我心本如香水海，只任轻浮的慈惠船载着喜爱底花果在上面游荡。至于满载痴石，嗔火底筏终要因她底危险和沉重而消没净尽，焚毁净尽。爱憎既不由我自主，那破造更无消说了。因破而造，因造而破，缘因更迭，你那能说这是好，那是坏？至于我底心迹连我自己也不知道，你又怎能名其奥妙？人到无求，心自清宁，那时，既无所造作，亦无所破坏。我只觉我心还有多少欲念除不掉，自当勇敢地破灭它至于无余。

你，女人，不要和我讲哲学。我不讲哲学。我劝你也不要希望你脑中有百“论”，千“说”，亿万“主义”，那由他“派别”，辩来论去，逃不出鸡子方圆底争执。纵使你能证出鸡子是方的，又将如何？你还是给我讲音乐好。近来造了一阕《暖云烘寒月》琵琶谱，顺抄一份寄给你。这也是破了许多工夫造得来底。

复真龄

不能投递之情形——真龄去国，未留住址。

自与那人相怨后，更觉此生不乐。不过旧时的爱好如洁白的寒鹭三两时间飞来歇在我心中泥泞的枯塘之岸，有时漫涉到将干未干的水中央，还能使那寂静的平面随着她底步履起些微波。

唉，爱姊姊和病弟弟总是孪生的呵！我已经百夜没睡了，我常说，我底爱如香洌的酒，已经被人喝尽了，我哀伤的金罍里只剩些残冰底融液，既不能醉人，又足以冻我齿牙。你试想，一个百夜不眠底人，若渴到极地，就禁得冷饮么？

“为爱恋而去底人终要循着心境底爱迹归来。”我老是这样地颠倒梦想。但两人之中，谁是为爱恋先走开底？我说那人，那人说我。谁也不肯循着谁底爱迹归来。这委是一件胡卢事！玉为这事也和你一样写信来呵责我。她真和她眼中底瞳子一样，不用镜就照不着自己。所以我给她寄一面小镜去。她说“女人总是要人爱底”，难道男子就不是要人爱底？她当初和球一自相怨后也是一样蒙起各人底面具，相逢直如不相识。他们两个复和，还是我底工夫，我且写给你看。

那天，我知道球要到帝室之林去赏秋叶，就怂恿她与我同去。我远地看见球从溪边走来，借故撇开她，留她在一棵树底下坐着，自己藏在一边静观。人在落叶上走是秘不得底。球底足音，谅她听得着。球走近树边二丈相离底地方也就不往前进了。他也在一根横卧底树根上坐下，抬起枯枝只顾挥拨地上底败叶。她偷偷地看球，不做声，也不到那边去。球底双眼有时也从假意低着底头斜斜地望她。他一望，玉又假做看别的了。谁也不愿意表明谁看着谁来。你知道这是很平常的事。由爱至怨，由怨至于假不相识，由假不相识也许能回到原来的有情境地。我见如此，故意走回来，向她说：“球在那边哪！”她回答：“看见了。”你想这话若多两个字“钦此”，岂不成了娘娘底懿旨？我又大声嚷球。他底回答也是一样地庄严，几乎也带上“钦此”二字。我跑去把球楸来，对他们说：“你们彼此相对道道歉，如何？”到底是男子容易劝。球到她跟前说：“我也不知道我怎样得罪你。他迫着我向你道歉，我就向你道歉罢。”她望着球，心里愉悦之情早破了她底双颊冲出来。她说：“人为什么不能自主到这步田地？连道个歉也要朋友迫着来。”好了，他们重新说起话来了！

她是要男子爱底，所以我能给她办这事。我是要女人爱底，故毋需去瞅睬那人。我在情谊底道上非常诚实，也没有变动，是那人先离开底。谁离开，谁得循着自己心境底爱迹归来。我那能长出千万翅膀飞入苍茫里去找她？再者，他们是醉于爱底人，故能一说再合。我又无爱可醉，犯不着去讨当头一棒底冷话。您想是不是？

给怀霄

不能投递之情形——此信遗在道旁，由陈斋夫拾回。

好几次写信给你都从火炉里捎去。我希望当你看见从我信笺上化出来那几缕烟在空中飘扬底时候，我底意见也能同时印入你底网膜。

怀，我不愿意写信给你底缘故，因为你只当我是有情的人，不当我是有趣的人。我尝对人说，你是可爱，不过你游戏天地底心比什么都强，人们还够不上爱你。朋友们都说我爱你，连你也是这样想，真是怪事！你想男女得先定其必能相爱，然后互相往来么？好人甚多，怎能对于个个人发生爱恋。我底朋友，在爱底田园中，当然免不了三风四雨。从来没有不变化的天气能教一切花果开得斑烂，结得磊砢底。你连种子还没下，就想得着果实，更是办不到底。我告诉你，真能下雨底云是一声也不响底。不掉点儿底密云，雷电反发射得弥满天地。所以人家底话，不一定就是事实，请你放心。

男子愿意做女人底好伴侣或好朋友，可不愿意当她们底奴才，供她们使令。他愿意帮助她们，可不喜欢奉承谄媚她们。男子就是男子；媚是女人的事。你若把“女王”“女神”底尊号暂时收在镜囊里，一定要得着许多能帮助你底朋友。我知道你底性地很冷酷，你不但不愿意得几位新的好友，或极疏淡的学问之交，连旧的你也要一个一个弃绝掉。嫁了底女朋友和做了官底男相识都是不念旧好底。与他们见面时，常竟如路人。你还未嫁，还未做官，不该施行那样的事情。我不是呵责你，也不是生气。就使你侮辱我到极点，我也不生气。我不过尽我底情劝告你罢了。说到劝告，也是不得已的。这封信也是在万不得已的境遇底下写底。写完了，我还是盼望你收不到。

复少觉

不能投递之情形——受信人地址为墨所污，无法投递。

同年的老弟：我知道怀多病，故月来未尝发信问候，恐惹起她底悲怨。她自说：“我有心事万缕，总不愿写出，说出；到无可奈何时节，只得由他化作血丝飘出来。”所以她也不写信告诉我她到底是害什么病。我想她现时正躺在病榻上呢。

唉，怀底病是难以治好底。一个人最怕有“理想”。理想不但能使人病，且能使人放弃他底性命。她甚至抱着理想的理想，怎能不每日病透二十四小时？她常对我说：“有而不完全，宁可不有。”你想“完全”真能在人间找得出来底么？就是遍游亿万尘沙世界；经过庄严劫，星宿劫，也找不着呀！不完全的世界怎能有完全的男子？纵使世间真有一个完全的男子，与她理想的理想一样，那男子对她未必就能起敬起爱。罢了！这又是一种渴鹿趋阳焰底事，即令它有千万蹄，每蹄各具千万翅膀，飞跑到旷野尽处，也不能得点滴的水；何况它还盼望得到绿洲来做它底憩息饮食处？朋友们说她是“愚拙的聪明人”，诚然！她真是一个万事伶俐，一事懵懂底女人。她总没想到“完全”是由天魔画空而成，本来无东西，何能捉得住？多才，多艺，多色，多意想底人最容易犯理想病。因为有了这些，魔便乘隙于她心中画等等极乐；饰等等庄严；造等等偶像；使她这本来辛苦底身心更受造作安乐底刑罚，这刑罚，除了世人以为愚拙的人以外，谁也不能免掉。如果她知道这是魔底诡计，她就泅近解脱底岸边了。

“理想”和毒花一样，眼看是美，却摩不得。三家村女也知道开美丽的花底多是毒草，总不敢兴起受用底念头。她偏去采那摩触不得底毒花来做肴馔，可见真正聪明人还数不到她。自求辛螫底人除用自己底泪来调反省底药饵以外，再没有别样灵方。医生说她外表似冷，内里却中了很深的繁花毒。由毒生热恼，恼极成劳，故呕心有血。我早知她底病原在此，只恨没有神变威力，幻作大白香象，到阿耨达池去，吸取些清凉水来与她灌顶，使她表里俱冷。虽然如此，我还尽力向她劝说，希望她自己能调伏她理想底热毒。

我写到这里，接朋友底信说她病得很凶，我得赶紧去看看她。

给琰光

不能投递之情形——琰光南归就婚，嘱所有男友来书均退回。

你在我心中始终是一个生面人，彼此间再也不能有什么微妙深沉的认识了。这也是难怪底。白孔雀和白熊虽是一样清白，而性情底冷暖各不相同，故所住底地方也不一样。我看出来了！你是白熊，只宜徘徊于古冰嵘底岩壑间，当然不能与我这白孔雀一同飞翔于缨藤缕缕，繁花树树底森林里。可惜我从前对你所有的意绪，到今日只落得寸断毫分，流离到踪迹都无。我终恨我不是创造者呀！怎么连这刹那等速的情爱时间也做不来了？

我热极了，躺在病床上，只是同冰作伴。你底情愫也和冰一样，我愈热，你愈融，结果只使我戴着一头冷水。就是在手中底，也消融尽了。人间第一痛苦就是无情的人偏会装出多情的模样，有情的倒是箴口束手，无所表示！启芳说我是汎爱者，劳生说我是兼爱者，但我自己却以我是困爱者。我诚实地对你说，我自己实不敢作，也不能作爱恋业，为困于爱，故镇日颠倒于这甜苦的重围中，不能自行救度。爱底沉沦是一切救主所不能救底。爱底迷蒙是一切天人师所不能训诲开示底。爱底刚愎是一切调御丈夫所不能降服底。

病中总希望你来看看我，不想你影儿不露，连信也不来！似游丝的情绪只得因着记忆底风挂搭在西园西篱，晚霞现处。那里站着我儿时曾爱，现在犹爱底邕。她是我这一生第一个女伴。二十四年底别离，我已成年，而心象中底邕还是两股小辫垂在绿衫儿上。毕竟是别离好呵。别离的人总不会老的。你不来也就罢了，因为我更喜欢在旧梦中寻找你。

你去年对我说那句话，这四百日中，我未尝忘掉要给你一个解答。你说爱是你底，你要予便予，要夺便夺。又说要得你底爱须付代价。咦，你老脱不掉女人的骄傲！无论是谁，都不能有自己的爱。你未生以前，爱恋早已存在，不过你偷了些少来眩惑人罢了。你到底是个爱底小窃；同时是个爱底典质者。你何尝花了一丝一忽底财宝，或费了一言一动底劳力去索取爱恋，你就想便宜得来，高价地售出？人间底第二痛苦就是出无等对的代价去买不用劳力得来底爱恋。我实在告诉你，要代价底爱情，我买不起。

焦把纸笔拿到床边，迫着我写你，不得已才写了一套话。我心里告诉我说，从诚实心表见出来底言语，永不致于得罪人，所以我想上头所说底不致于动你底怒。

给憬然三姑

不能投递之情形——本宅并无“憬然三姑”称谓，恐怕是投错了。

我来找你，并不是不知道你已嫁了，怎么你总不敢出来和我叙叙旧话？我一定要认识你底“天”以后才可以见你么？三千里底海山，十二年底隔绝此间：每年，每月，每个时辰，每一念中都盼着要再会你。一踏入你家底大门，我心便摆得如秋千一般，几乎把心房上底大脉振断了。谁知坐了半天，你总不出来！好容易见你出来，客气话说了，又跑去坐在我背后。那时许多人要与我谈话，我怎好意思回过脸去向着你？

合卺酒是女人底孟婆汤，一喝便把儿女旧事都忘了；所以你一见了我，只似曾相识，似怕人知道我们曾相识，两意三心，把旧时的好话都撇在一边。

那一年底深秋，我们同在昌华小榭赏残荷。我底手误触在竹栏边底仙人掌上，竟至流血不止。你从你底镜囊取些粉纸，又拔下两根你香柔而黑甜的头发，为我裹缠伤处。你记得那时所说底话么？你说："这头发虽然不如弦底韧，用来缠伤，足能使得，就是用来系爱人底爱也未必不能胜任。"你含羞说出底话真果把我底心系住，可是你底记忆早与我底伤痕一同丧失了。

又是一年底秋天，我们同在屋顶放一只心形纸鸢。你扶着我底肩膀看我把线放尽了。纸鸢腾得很高，因为风力过大，扯得线儿欲断不断。你记得你那时所说底话么？你说："这也不是'红线'，容它断了罢。"我说："你想我舍得把我偷闲做底'心'放弃掉么？纵然没有红线，也不能容它流落。"你说："放掉假心，还有真心呢。"你从我手里把白线夺过去，一撒手，纸鸢便翻了无数的筋斗，带着堕线飞去挂在皇觉寺塔顶，那破心底纤维也许还存在塔上，可是你底记忆早与当时底风一样地不能追寻了。

有一次，我们在流花桥上听鹧鸪，你底白袜子给道旁底曼陀罗花汁染污了。我要你脱下来，让我替你洗净。你记得当时你说什么来？你说："你不怕人笑话么？岂有男子给女人洗袜子底道理？你忘了我方才栀子花蒂在你掌上写了我底名字么？一到水里，可不把我底名字从你手心洗掉，你怎舍得？"唉，现在你底记忆也和写在我掌上底名字一同消灭了！

真是！合卺酒是女人底孟婆汤，一喝便把儿女旧事都忘了。但一切往事在我心中都如残机底线，线线都相连着，一时还不能断尽。我知道你现在很快活，因为有了许多子女在你膝下。我一想起你，也是和你对着儿女时一样地喜欢。

给伊红

不能投递之情形——欠资，留局多日，受信人不来取。

你还许我用你底旧名称呼你么？我很不愿意你被那无端无绪的人事天时作践了。年前偶过瑞禾旧宅，得了你底死信，心中底悲苦乃如眼见爱人被强盗掳去一般。不想死亡底强盗还没来，你反给虚荣和假情底妖魔哄上了。你今日的身世直如你家门前那个井槛，恁好一块云石，翔凤飞龙底雕纹虽存在，可是当时可实可贵的碑文都剥蚀尽了。到那里汲水底人，谁还知道那曾是一座纪功碑呢？我这些话，你必能了解。

我昨天才知道你们办这事，是早已有了成约底。伊红，你太把自己轻看了！人本不是为知识而生,知识也不是为装饰虚荣而有底。若是你非得到知识不可底话，也得把安全的计画计画出来。怎好草率到这步田地——与人家订了这样沉痛的私约？你看只供给你几年，就可以公然占据你；将来的生活实在不堪设想了。我想我应当激动你，叫你知道这不是合理的事。纵使人有无碍的辩才，也不能为你申明，给“你是急于求知，无力支持，因而许人为妾”底原谅话。一个好女子宁可死也不说做人妾，不是妾底制度行不得，是妾当不得。自然你不承认是他底妾，但事实上他是以妾待你，你理会么？我希望你也不要拿什么“主义”来做护符，因为“主义”不能做人品保障。

假使将来的世间没有夫妇底说法，好男女还不致于践踏爱情去换愉快。求知不得，固然是苦，然而苦楚底病绝不是愉快所能医治底。你现在所处底地位想也愉快不得啊。医治苦楚底病，只是不骄傲地寻求真理，服从真理。你常说，一个“君子”或艺术家不是寻求真理，服从真理者，乃是创造真理，指挥真理者；因为真理在他底手里，不是在他底脑里。是的，可惜现在世间容不得许多君子或艺术家；我想以后也不会多容底。因为这世间是平庸人和鉴赏家底世间，你要做指挥者或创造者也不要紧，只不要超过他们心识中所能领会底境界之外。若是他们不能理解，你也无从创造，无从指挥了。现在存在底“真理”已够做人生的桎梏了，你再造作些出来，岂不像个囚犯要为自己加些镣扣么？你自己的事情自然与我无关，但我万不忍见你受多数“平庸人”底侮辱，少数“君子”底赞美。须知要平庸人不咒诅你，才可以减去你底苦痛。在人生底戏台上，我们固然不要做制度底傀儡，但也不要做不负责任底角色。我们底一举一动都与全剧底意义有关系。

复劳生

不能投递之情形——错投。

来书劝我不要为那人至愿遁世为巫，去做那丧心病狂的事。又教我当为众生病，不要一人病。劳生，你底善意，我当受持。我实在告诉你，自霜死后，屡要舍身，但以此心还有牵挂，不能实行。我底病也只在这“牵挂”中，总没摆脱得掉。所谓“为众生病”不过是好听的说话罢了。于此世间，只有为众生而死底；凡病都是为一人而发作底啊！

现在鹄岭将养，医生命我每日常于林荫之下静坐片时，修止观法，参止动禅。在万叶底下底落华生俨如做着内观心性，外观自在底工夫，但这能知的心有时直如顽石，——风来不觉冷，雨去不知晴。能够常如这样也是好的；因为一到这境地，不说是病状，连病根，病芽，病枝叶病因缘也没处找去了。

人到底不是顽石。于落叶，断翎，冷雨，软云，撞入我底襟怀时，那变动不息的心情于是呈现。时一张眼低瞰，见田原上底鹡鸰摇着长尾在那里找它们底食料，悲心一现，自在可观不得了。一时又见斑鸠成对躲在枝深密处，正在比翼交喙，蓦地飞来一只暴鹰把雄的掠去，悲心一现，自在又观不得了。

前日又到林下，坐不到一刻，见一个爱玩的牧女骑着黄牛从崖边底小径来；牛角上挂着许多摘得底山花。悬崖底树上正开着些藤花，她在牛背上一手攀着树枝，一手伸去把花揪过来。那好看的花刚到她底鼻端，蓦然一下枪声，惊滑了牛蹄，悲心一现，不动禅更参不得了。这时不晓得怎样就忘了我是病人，立刻起来，飞跑到崖下。然而这无情的灾难，谁能挽回呢？罢了！罢了！

冷雨如针，穿我肌骨，可是内里的静明温热心还在乾坤坎离中升降浮沉，终不停止。医生底治法，在我算失败了。我还病着，但要叮咛一句；若是真有“为众生病”这一样病，我还不配犯，我只常为他们痛哭而已。

给怀霄

不能投递之情形——发信人忘记写明受信人地址。

今天下午我们又到溪边来。秋水暴涨，顿觉对岸移开了。我坐在那钓矶上，他又跑到岩里找你们底旧迹去。他这几时底精神，越来越迷乱了，什么原故，你总知道。我底朋友，哄哄他罢，纵然他知道那是不可能的事，若得你一句话安慰他，也就够了。不要当他做爱人，当他做小孩子，哄哄他罢。

他没有意思再说什么了。那天对我说：“我再也不哭。我底热泪一滴下来，每觉得被那石人冷笑。连石人也冷笑我，何况其他？男子底泪虽不如妇人那么丰裕，有时可流得没来由。”你知道么，他底“泪”就是他底说话？他实在是为你底前途担忧，怕你在天涯里毫无着落，遍处地飘流，终不是个去处。你时常携着你理想底篮到幻海空山里去，试问曾得什么来？假使在那些地方真有如你所愿求底给你检了，到头来，还是“觅得龟毛，失却兔角”，凡有得失，终于空寂！要知道，一尺可量，千里难测，还是回来受他眼前的供养，不要再闹憋忸了。

你离开这里已经好几年了。记得我们底离别正在这时，这地。我每见对岸底树林便回想到你谴责我底话。它们还是像一群丽人把锦绣的衣裳脱掉要到溪边再一度深秋底晚浴。从远山底松柏透出霞光，直像一只孔雀用尾巴上那一千只眼睛守着她们。若是你在这里又要骂我用邪思计度了。但我总没工夫对你说，凡我所说都是“觉得”，并不是“想得”底。那些外境在我眼里底形像便是如此。树上底病鸦于我起这样想像时对着我很啼了几声，也许是替你骂我。

我们种在岩边底野菊花，今年开得格外畅茂。他摘了许多回来，预备晒干后与铁观音一同寄去给你。他怕你喝观音真个变了“铁观音”，故要加上些菊英。然而清凉剂常治不了渴热病，有时反使雪人化石。他到底是糊涂啊！

给樌妹

不能投递之情形——受信人地址不明。

烟浓雨乱，正苦秋寒，可巧你所赠底寒衣从柏林寄到，我还没有穿上，已觉得遍体暖和了。槿妹，谢谢你，亏你想到我是一个飘零的人，没有人给我做衣服。更亏你把我底住址打听出来。我们不通音信已经好些年了。

我今天发见了在那绒衫底口袋里有你底一封信。拆开一信，又是失望，又是安慰。失望底是你只说一句话；安慰底是你还用我们做孩子时代底名字称呼我。槿妹，自运甓斋见后，到现在，忽已过了二十年。听说你已有了三四孩子了。前年我在亲戚家里，偶然看见你和槐姊底小照。槐姊老得凶，你却与从前的模样差不了多少，只是短一团实髻盘在脑后。

槿妹，我从亲戚家里知道你近来的生活，使我实在安慰。听说妹夫还是带着旧家公子底脾气，然而对于你却十分敬爱，那就很难得了。你哥哥在上海镇日和酒与女人作伴，若在独居底时候，便要长嘘短叹。我们是同年同学，却想不到他底生活与我底相差得这么远。

我想来想去，想不出用什么东西来报答你底盛意。因为凡我所能买底，你都容易要得着。不如将你幼时赠给我底小戒指返赠给你底女儿罢。从前的事我想你必曾对妹夫说过，所以我敢这样做。我想他也不致于诧异。我们见底机会，不晓得在什么时候，你见了那戒指，就可以帮助你回忆我们幼年时代底情意。

复文锦

不能投递之情形——受信人随营赴前敌，无法投递。

你来信问我为什么近来将一切的心情都看做淡云薄雾，容它们自生自灭，是不是为那人底缘故。我实在不能回答你这个问题。不过我觉得近来我底心情疏放了许多，一切的爱恋与一切的憎恶都不能教我底精神集中或摇动了。爱既求不着，憎亦无从起，所以近来我每觉得谁都好，谁都不好。世间没有绝对这个理论使我犯了许多罪过，是我要承认底。

你问萝底事情，我正要告诉你哪。

前个月，我到听蛙池去，远远就听见断续的钢琴和着萝底歌声从榕荫轩送出来。我本要去告诉她乔君底事情不谐了。一转过念头来，觉得她那么高兴在那里奏乐，一告诉她，岂不是使她变弹琴为弹泪，化歌声为哭声么？因此，我没敢进去，只坐在榕根上偷听了一会就走了。

她母亲遗留给她那架旧钢琴，到现在她还指望着乔君给她另买一架新的。但乔君从前应许她底，现在已经转许给别的“有地位的女人”了。他为那女人借了许多债去给她买了一架最好的钢琴。若是他将买那琴底价钱去买他应许为萝买底，倒可以买出四架来，还毋须借债。他以为萝不能满足他底幸福欲和艳福欲，所以舍弃她。

我不是要批评乔君，因为人情难免如此。就是萝自己自认识乔君以后也曾抛弃过别人。我们还要为谁叫什么委曲呢？想起这事，每使我把一切的心情解放，由它们如淡云薄雾一样地自生自灭。

你在这样的事情上，一起头就很满足，很顺遂，没有那样的经验，所以容易怀疑人家做事不彻底。其实世间的事情，永远不能探究到底，又何必妄生是非底见解？

给慧思

不能投递之情形——该处停邮，退回原寄邮局招领。

爱人，在这里心闷极了。连日跑到趵突泉去听杜大桂唱鼓词，别的听不见，只听见她手上犁铧底声音如同小石头一块一块投入我耳底深潭，丁东地响着。这教我回到那天我们坐在井栏上，一同探头看我们底倒影，你忽然把小石子投入井里，把我们底影儿掷破，默无一言就走了。爱人，人面实在很脆弱，纵然不经小石子底一掷，终久也是要破底。我想，要等到人面破了，我们底心也要与那天井底底影儿因搅破而混合起来。

可是，混合起来，又有什么意思？悲哀的事情不但不能因此减去毫厘，还要将各人底秘密与弱点都发现出来。你底离开，到底是卓见。相眷相恋底事容水边底蜻蜓和树上底蜩蝉去做罢，苦闷的人是不配做么。我也疲倦了，很想自己一个人到幽静的岩谷去。

意君摘了几朵莲花要赠给婵，把它们放在床头，自己因为疲乏底缘故也就躺下睡着了。不料早晨起来，花瓣一片一片散落在枕席上头，爱情底寄托，使花也憔悴了！

无法投递之邮件（续）

给怜生

偶出效外，小憩野店，见绿榕叶上糁满了黄尘。树根上坐着一个人，在那里呻吟着。枭说大概又是常见底那叫化子在那里演着动人同情或惹人憎恶底营生法术罢。我喝过一两杯茶，那凄楚的声音也和点心一齐送到我面前，不由得走到树下，想送给那人一些吃底用底。我到他跟前，一看见他底脸，却使我失惊。怜生，你说他是谁？我认得他，你也认得他。他就是汕市那个顶会弹三弦底殷师。你记得他一家七八口就靠着他那十个指头按弹出底声音来养活底。现在他对我说他底一只手已留在那被贼略杀底城市里。他底家也教毒火与恶意毁灭了。他见人只会嚷："手——手——手！"再也唱不出什么好听底歌曲来。他说："求乞也求不出一只能弹底手，白活着是无意味的。"我安慰他说："这是贼人行凶底一个实据，残废也有残废生活底办法，乐观些罢。"他说："假使贼人切掉他一双脚，也比去掉他一个指头强。有完全底手，还可以营谋没惭愧底生活。"我用了许多话来鼓励他。最后对他说："一息尚存，机会未失。独臂擎天，事在人为。把你底遭遇唱出来，没有一只手，更能感动人，使人人底手举起来，为你驱逐丑贼。”他沉吟了许久，才点了头。我随即扶他起来。他底脸黄瘦得可怕，除掉心情底愤怒和哀伤以外，肉体上底饥饿，疲乏，和感冒，都聚在他身上。

我们同坐着小车，轮转得虽然不快，尘土却随着车后卷起一阵阵的黑旋风。头上一架银色飞机掠过去。殷师对于飞机已养成一种自然的反射作用，一听见声音就蜷伏着。袅说那是自己的，他才安心。回到城里，看见报上说，方才那机是专载烤火鸡到首都去给夫人小姐们送新年礼底。好贵重底礼物！它们是越过满布残肢死体底战场，败瓦颓垣底村镇，才能安然地放置在粉香脂腻底贵女和她们底客人面前。希望那些烤红底火鸡，会将所经历底光景告诉她们。希望它们说：我们底人民，也一样地给贼人烤着吃咧！

答寒光

你说你佩服近来流行底口号：革命是不择手段底。我可不敢赞同。革命是为民族谋现在与将来的福利底伟大事业，不像泼一盆脏水那么简单。我们要顾到民族生存底根本条件，除掉经济生活以外，还要顾到文化生活。纵然你说在革命的过程中文化生活是不重要的，因为革命便是要为民族制造一个新而前进的文化，你也得做得合理一点，经济一点。

革命本来就是达到革新目的底手段。要达到目的地，本来没限定一条路给我们走。但是有些是崎岖路，有些是平坦途，有些是捷径，有些是远道。你在这些路程上，当要有所选择。如你不择道路，你就是一个最笨的革命家。因为你为选择了那条崎岖又复辽远的道路，你岂不是白糟踏了许多精力，时间，与物力？领导革命从事革命底人，应当择定手段。他要执持信义，廉耻，振奋，公正等等精神的武器，踏在共利互益的道路上，才能有光明的前途。要知道不问手段去革命，只那手段有时便可成为前途最大的障碍。何况反革命者也可以不问手段地摧残你底工作？所以革命要择优越的，坚强的，与合理的手段；不择手段底革命是作乱，不是造福。你赞同我的意思罢！写到此处，忽觉冷气袭人，于是急闭窗户，移座近火，也算卫生上所择底手段罢，一笑。

来信说她面貌丑陋，不敢登场。我已回信给她说，戏台上底人物不得都美，也许都比她丑。只要下场时留得本来面目，上场显得自己性格，涂朱画墨，有何妨碍？

给华妙

瑰容她底儿子加入某种秘密工作。孩子也干得很有劲。他看不起那些不与他一同工作底人们，说他们是活着等死。不到几个月，秘密机关被日人发现，因而打死了几个小同志。他幸而没被逮去，可是工作是不能再进行了，不得已逃到别处去。他已不再干那事，论理就该好好地求些有用的知识，可是他野惯了，一点也感觉不到知识底需要。他不理会他们底秘密底失败是由组织与联络不严密和缺乏知识，他常常举出他底母亲为例，说受了教育只会教人越发颓废，越发不振作，你说可怜不可怜！

瑰呢？整天要钱。不要钱，就是跳舞；不跳舞，就是……，总而言之，据她底行为看来，也真不像是鼓励儿子去做救国工作底母亲。她底动机是什么，可很难捉摸。不过我知道她底儿子当对她底行为表示不满意。她也不喜欢他在家里，尤其是有客人来找她底时候。

前天我去找她，客厅里已有几个欧洲朋友在畅谈着。这样的盛会，在她家里是天天有底。她在群客当中，打扮得像那样的女人。在谈笑间，常理会她那抽烟、耸肩、瞟眼底姿态，没一样不是表现她底可鄙。她偶然离开屋里，我就听见一位外宾低声对着他底同伴说："她很美，并且充满了性的引诱。"另一位说："她对外宾老是这样的美利坚化。……受欧美教育底中国妇女，多是擅于表欧美的情底，甚至身居重要地位底贵妇也是如此。"我是装着看杂志，没听见他们底对话，但心里已为中国文化掉了许多泪。华妙，我不是反对女子受西洋教育。我反对一切受西洋教育底男女忘记了自己是什么样人，自己有什么文化。大人先生们整天在讲什么"勤俭""朴素""新生活""旧道德"，但是节节失败在自己底家庭里头，一想起来，除掉血，还有什么可呕底？

危巢坠简

给少华

近来青年人新兴了一种崇拜英雄底习气，表现底方法是跋涉千百里去向他们献剑献旗。我觉得这种举动不但是孩子气，而且是毫无意义。我们底领袖镇日在戎马倥偬，羽檄纷沓里过生活，论理就不应当为献给他们一把废铁镀银底中看不中用底剑，或一面铜线盘字底幡不像幡、旗不像旗底东西，来耽误他们宝贵的时间。一个青年国民固然要崇敬他底领袖，但也不必当他们是菩萨，非去朝山进香不可。表示他底诚敬底不是剑，也不是旗，乃是把他全副身心献给国家。要达到这个目的，必要先知道怎样崇敬自己。不会崇敬自己底，决不能真心崇拜他人。崇敬自己不是骄慢底表现，乃是觉得自己也有成为一个有为有用的人物底可能与希望，时时刻刻地，兢兢业业地鼓励自己，使他不会丢失掉这可能与希望。

在这里，有个青年团体最近又举代表去献剑，可是一到越南，交通已经断绝了。剑当然还存在他们底行囊里，而大众所捐底路费，据说已在异国的舞娘身上花完了。这样的青年，你说配去献什么？害中国底，就是这类不知自爱底人们哪。可怜，可怜！

给樾人

每日都听见你在说某某是民族英雄，某某也有资格做民族英雄，好像这是一个官衔，凡曾与外人打过一两场仗，或有过一二分动劳底都有资格受这个徽号。我想你对于“民族英雄”底观念是错误的。曾被人一度称为民族英雄底某某，现在在此地拥着做“英雄”底时期所榨取于民众和兵士底钱财，做了资本家，开了一间工厂，驱使着许多为他底享乐而流汗底工奴。曾自诩为民族英雄底某某，在此地吸鸦片，赌输盘，玩舞戈，和做种种堕落的勾当。此外，在你所推许底人物中间，还有许多是平时趾高气扬临事一筹莫展底“民族英雄”。所以说，苍蝇也具有蜜蜂底模样，不仔细分辨不成。

魏冰叔先生说：“以天地生民为心，而济以刚明通达沉深之才，方算得第一流人物。”凡是够得上做英雄底，必是第一流人物，试问亘古以来这第一流人物究竟有多少？我以为近几百年来差可配得被称为民族英雄底，只有郑成功一个人。他于刚明敏达四德具备，只惜沉深之才差一点。他底早死，或者是这个原因。其他人物最多只够得上被称为“烈士”，“伟人”，“名人”罢了。文子《微明篇》所列底二十五等人中，连上上等底神人还够不上做民族英雄，何况其余的？我希望你先把做成英雄底条件认识明白，然后分析民族对他底需要和他对于民族所成就底勋绩，才将这“民族英雄”底徽号赠给他。

复成仁

来信说在变乱的世界里，人是会变畜生底。这话我可以给你一个事实的证明。小汕在乡下种地底那个哥哥，在三个月前已经变了马啦。你听见这新闻也许会骂我荒唐，以为在科学昌明底时代还有这样的怪事。但我请你忍耐看下去就明白了。

岭东底沦陷区里，许多农民都缺乏粮食，是你所知道底。即如没沦陷底地带也一样地闹起米荒来。当局整天说办平粜，向南洋华侨捐款，说起来，米也有，钱也充足，而实际上还不能解决这严重的问题，不晓得真是运输不便呢，还是另有原由呢？一般率直的农民受饥饿底迫胁总是向阻力最小，资粮最易得底地方奔投。小汕底哥哥也带了充足的盘缠，随着大众去到韩江下游底一个沦陷口岸，在一家小旅馆投宿，房钱是一天一毛，便宜得非常。可是第二天早晨，他和同行底旅客都失了踪！旅馆主人一早就提了些包袱到当铺去。回店之后，他又把自己幽闭在帐房里数什么军用票。店后面，一股一股的卤肉香喷放出来。原来那里开着一家卤味铺，卖底很香的卤肉，灌肠，熏鱼之类。肉是三毛一斤，说是从营盘批出来底老马，所以便宜得特别。这样便宜的食品不久就被吃过真正马肉底顾客发现了它底气味与肉里都有点不对路，大家才同调地怀疑说：大概是来路的马吧。可不是！小汕底哥哥也到了这类的马群里去了！变乱的世界，人真是会变畜生底。

这里，我不由得有更深的感想。那使同伴在物质上变牛变马，是由于不知爱人如己，虽然可恨可怜，还不如那使自己在精神上变猪变狗底人们。他们是不知爱己如人，是最可伤可悲的。如果这样的畜人比那些被食底人畜多，那还有什么希望呢？

旅印家书

1933年燕京大学实行“教授五年一休假”制度。地山利用休假时间，应中山大学邀请前往讲学，俟松同往。半年后，地山由广州去印度考察，俟松回北平。这些家书，就是地山1934年间在印度时写给我的。光阴荏苒，转瞬已五十余年矣！1981年，为地山逝世四十年祭，曾应南京师范学院《文教资料简报》编者之约，谨将部分书信发表，值此《许地山研究集》出版之际，又增选若干篇一并编入，供现代文学史研究者及地山作品的爱好者参考；并以此表示我对地山的一点纪念。

周俟松　1988年4月于南京

（一）

六妹：

那天从蓝沙丹尼下船，和你告别后，看船已出港，便即搭泉州船往澳门。本不想到李家去，想自己去看看，第二天便回广州。可巧在船上就遇见那学生，他一定要我到他家去。他父母极意款待，一连两天，不让我走，每食必火锅，真是过意不去。到走底时候，还给我买船票又送饼食很多，真是却之不恭，受之有愧。澳门地方很有趣味，很像南欧洲城市，商业不盛，政府依赌为生。回省后，又换了十镑做船费，因为船票须三百二十元英洋。你只交一百九十元给我。今日到香港，明天开船，船名 Takada，英邮船也。日本船终不可搭。信到时想你已在家，家人安否？祈函知。地址（略）

想你！

夫字　二月三日广州

（二）

六妹：

前天下午四时从香港出海，现在已离香港四百余，但距新加坡还有三日夜底路程。天气渐热起来，在香港已吃到西瓜，今早早餐已开了电风扇。海上仍是阴沉，北风从后面追来，弄得船有些摆荡。船上搭客不多。去年夏天在北京饭店住的，那位匈牙利人华义，亦搭此船，故每日与他闲谈，颇能消寂。此次到香港，除到莫君家去吃饭以外，哪里都没去。船行那天，找不到电报局，也就没打电报，船上每字两块多，大可以不必打。在海上五天，北风很紧，船虽摇荡，于我无伤。船中只看些书，并不能写什么。晚上与同舱二位先生（一位卢，一位刘，都是岭南中学教员）闲谈。卢先生能弹古琴，程度很高，有时也讲爱经。有时与华义谈北京那女古董家。不觉又看见新加坡了。今天是九号，从香港到此为1444浬，足走了五天五夜，大概要后天才能开船到槟榔屿。到仰光还得七天，到时再通知。夜间老睡不着，到底不如相见时争吵来得热闹。下一封信，咱们争吵好不好？即询

全家安好

蕙君来了没有？我也想她。七妹子呢？

老太爷喜欢我底礼物不？不要回信，我到普那当电知。

地山　二月九日

（三）

六妹：

昨天下午四点又离开新加坡，还要一天才到槟榔屿。昨天与林元英夫妇到植物园去。前天找了几个旧朋友到游艺场玩。九点半回船，天气已不热，但没有睡好，今天有点头痛，不想吃东西，大概是晚上想事多所致。

我们到星洲那天，正值陈嘉庚公司倒闭，因为旧历年关在即，债主不肯通融，不得已要想别的方法，但除宣告破产以外没有别的

法子。林元英在此，月薪约合华币一千，但不甚够用。他想回南京去。他已有两个男孩，夫人也老成一点了。

离港以前听罗文干说，日俄邦交恐怕在今年六七月间会破裂，北京听见什么消息没有？

今天是我生日，大概家里也没有什么举动。船已到了，今晚开到仰光去，三天后才能到埠。现在要上岸去寄这封信，顺便去看几个朋友。这信到时，你便可以写回信到普那去。

地山　二月十四日

（四）

六妹：

到仰光第三天，便又上船到上缅甸曼德来去。船走了七天，到昨天才到，现住在一家云南人开底南洋中外旅舍。什么都不方便，因为缅甸古物保存会底主任，为我定了参观底日程，料想得住三天才能回仰光去。这时候是采玉石底季候，从中国来了许多璞商，玉山离此地约有四天路程，市上有些云南人在那里卖，价钱非常便宜。买璞比较磨好底便宜，不过，好不好不管保。我很想买一两块，不晓得会上当不会？心想不买，引诱实在太大，宝山空回，是多么可惜呢！在船上又成了一篇小说，不久誊好寄回去。此地疫症正发，东西又不干净，今天起来有一点不舒服（头痛），大概不要紧。从前没觉得一个人出门难过，自从有了你，心地不觉变了。现在一天都想家，想得厉害，尤其是道中，有一个月没得你底信，心又急。我想赶到普那去，但此地可研究底东西实在多，又舍不得去。离仰光时，必打电给你。

地山　元宵在瓦城

家人都好

Mandalay 是缅甸旧王都，近云南。

（五）

六妹：

昨从瓦城回仰光，要到本星期六，才有船到印度去，所以这信是在缅甸最后发底信了。在瓦城寄上一书说玉石很贱，那玉商非要我买一两件不可，于是我便买四颗翠玉，都是玻璃的，那大的可以镶戒指或扣针，小的做耳环。公遂说，可以用保险信封寄，所以依他底话冒险装在信里，我想你一定很喜欢。我本想买一两件给蕙君与七妹，只怕不好，反为不美，故未敢办。此地旧友很多，原定三月初到印，因为他们一留，现在就要十几才能到了。新功课如何，甚念。北平局势若是不好，就很早想法子。在瓦城时，有旧友林希成君想要些北京底香瓜、梨瓜种籽，他想在缅甸试种。希即到市场替他买几种，要多些，还有怎种，也请详说。林君地址即囊玉的信封上所印的，照写照寄便得。

孩子们都好？哥真想他们，更想你。老太爷顺此问候。小说稿下期寄。

我是你的哥哥　三月七日

（六）

六妹妹：

三月七日寄你一信并在保险信中寄去翠玉四颗，不知收到否？你喜欢吗？

你来信说北师大仍要继续聘请我教历史，记得过去上历史课时，你来到课堂坐在最后一排听我讲课。你后来对我说：“你讲课清楚，对历史分析得深透有启发，教得好！”这个评语使我很高兴，也是鼓励吧。来信说：“有些青年说历史是远水解不了近渴，不解决当前的问题。”你应对他们说，“你们要好好学习英国科学家培根说过的‘读史使人明智’，那是很有见地很有道理的。”因为历史有助于我们清理思想，借鉴历史经验检查过去，指导现实。正可以帮助我们对中国深受帝国主义侵略,沦为殖民地半殖民地的痛苦经验，也对祖国某些方面落后的原因有所了解，从事实对比中吸取教训，提高认识，激发起爱国热情，反对封建反对帝国主义，努力为祖国建设出力。读历史不是可以变得聪明起来，不是可以明智吗？你说我讲的对不对，你也是教师，应对有些青年涉世不深，生活经验缺乏、对历史不了解、容易崇洋迷外，我们当教师的，有责任指导他们。

我的好妹妹、好教师。

地山　三月十二日

（七）

六妹子：

到普那已经四天了，现在还是住在客栈里，一天要十个卢比左右（一卢比合大洋一元二毛）。吃底是洋餐，真难吃，又贵，早茶十二安（一元），早饭 R. 1.80（二元五毛），中饭 R. 2.00（三元），午后茶 R. 0.80（七毛），晚饭 R. 3.00（三元六毛），房钱在外，不吃还不成！此地没有别的客栈，是这家专利，栈主拿外国人都当财主，真可恶。明天或后天，巴先生才能给我想法子，搬到学校或印度公仆会宿舍去，那里要用多少，还不知道。总而言之，没有预料的那么省。前几年我住波罗奈城，一个月不过花三十个卢比，那时候卢比贱，三十卢比不过大洋二十一元左右。现在在这里算来，至少也得用八十卢比（依巴先生替我算最省的数），合大洋也得百元左右。我身边现还可以支持两个月（不算学费，我还没找着老师，学费多少，没把握）。如果 ×× 先生的款有着，我想在这里留三个月，到六月中离开此地，用一个月功夫游历。我还不敢到处去，许多应到的地方，都候着钱才能动。

到的那天，打了一封电报，就用去十四个卢比。此后信件还是由 Dr. N. B. Parulekar 转，他是 *Sakal*（报纸名）底主笔，如打电报汇款，写 Hsotishan，C/o Sakal，Poona gndia 便可达到，Sakal 也是该报底电码。信封可以写详细一点 C/o Dr. N. B. Parulekar，The Sakal，Poona2，gndia。

自己一个人，钱用得真容易。我现在才理会，好妹妹你在身边，是多么大的帮助。我的口袋不能有过五元是真的，真的常常莫名其妙地便用完了。在道上理发，招得耳后长癣，花了些钱买药，现在治好了。常头痛，大概是那原故。你底腿，回家后好了没有？若不好，还得上协和看看去。自从与你分别后，只看过两次电影，一次在广州，一次在仰光。也没有什么消遣地方可去，所以每天除看书，便是写东西。《春桃》原来想名《咱们底媳妇》，因为偏重描写女人方面，那两男子并不很重要，所以改了。本来想直接寄给东华，但我愿意妹妹先看，我没第二副本，最好另抄一本寄到上海去。

我想你和孩子们，一天老没得好好用功夫，大概是相离这么久，没得你底信所致。老太爷好吗？过两天把事情安排好了，写封信给他。七妹子和蕙君好，我也想她们。我打算五月到 Goa 去，那是天主教的圣地，头一个到东方来传教的圣方济（St. Franrisavien）的墓在那里，圣方济死在澳门附近底上川岛，教徒把他底尸运到印度来。问问她们要求什么，我到墓上替她们求去。

这纸是空邮用的，质量轻薄，名叫 airmail，大概永兴也有得卖，抄稿子最好不过。

这两天抄稿把手都屈痛了，下星期一再写。我想你的第一封信最快还得一个月左右才能到，从北京到孟买得二十五天左右。如果香港有人寄飞机信，一个礼拜可以到，路程是从平飞沪，转飞广州，寄到香港（广州不能飞香港），再飞递到印度五天左右（香港印度线是从港飞西贡、仰光、加里各搭、孟买），因为中英空邮未定约，故不能直进。

再谈罢，要去吃晚饭了。

地山　三月十九日

又，Dr. N. B. Paiuciean 不久要同一个法国女士结婚，又得预备礼物。你去买一两个南京锦靠垫寄来好不好？还有王克私先生那里，你去印一张郑成功的像送给他，我不久就有信给他。

在仰光寄去的四粒翠玉，收到了没有？我想你一定喜欢那大一点的。普那底金线银线很有名，要么？

我忽然想起来，我有一个朋友的女儿嫁在香港。你若要寄飞机信，可以写信给她（用文言或英文）请她转寄。不过信皮得写“By Airmail”。从香港飞递到此地得港银五毛（五十先）。她底地址：（略）

地山　三月二十二日

（八）

六妹子：

二月廿一日的信已经收到，仔细看了十多遍。你没告诉我老太爷喜欢那拐杖和印色不喜欢，以后我不再送东西给他，因为他不稀罕。燕京款项已函王克私及司徒二位先生，或者王先生可以帮忙说说。附上两封，一封是给那犹太学生的，他的名字叫 Jacob Rafinowits。给司徒的信可以由他转，所以你只须加上两个信封便可以。

昨天搬到学校来，此校名 Sir Parashviambhaa College、每月房租大概十卢比左右，吃一天约一卢比，学费二十卢比左右，其余十卢比左右。所以我身边的款还可以支二个月左右（还剩三百卢比）。我已决定 6 月 15 左右离开此地。如有钱早些回家；没钱，不回家！你得想法子，××处已写信，也是今天寄飞机去。前信想已接到，如《春桃》稿还没寄，在最后一段，最后一句应加“过不一会，连这微音也沉寂了。”一句。

暑假后如打算搬到海甸，现在便当与谢景升到总务处交涉。祝先生婚事想已成功。

此地吃饭用手，吃不惯，买了一把叉子，一条勺子。没肉吃，个个都是吃素的，坐在地下，没椅也没桌。

地山　三月二十六日

《道教史》合同如签好，可以商量预支版税，还可以去找振铎。《说明书》请转寄。《说明》有些自吹，这便是我恨做买卖的一个原故。

（九）

好妹妹：

相片和信都收到了，寄相片得用硬纸夹住，不然，都折坏了，这次好在没折着你的脸，还可以挂挂。上星期的信，附给司徒雷登先生底，是要放在那犹太学生底信里，由他转，最好你还是去见见司徒。我此地足短二千元左右。近几年来，印度样样东西都贵得厉害，一个香瓜往时一安（合华币一毛六），现在卖到二安（印度一卢比合十六安，每安四铜子，铜子为单位，一铜子合三贝，但不用，1 Rupee = 16annas; 1anua = 14anuo）。坐一坐车得四安，真是不得了，吃底东西不好又贵，此校学生，每月膳费十五卢比（合十九元五毛左右），一天两顿，通个月没见半块肉或一条小鱼，净素，每月不改。一盘饭，一小碗加里茄，或南瓜、小椰菜之类，芋叶、香蕉花、苦瓜、黄瓜，算是好东西，不轻易吃得起。衣服一件，洗工一安。连学费算起来，总要百卢比一个月。所以这信到的时候，我底钱也就快完了。在这里有一样事顶自由，你猜是什么？平常在家，你不许我吃底东西，在此地天天大吃特吃，吃了上下都有味，他们说有益，所以我就大胆吃起来。一天洗两次澡，有时还多。里衣裤每天自己洗，比刘妈还洗得干净。此地地势很高，白天热度在105左右，风是热的，像理发馆吹头发机器所出底一样，晚上倒可以过得去。

上个星期到Bhor国，这是印度还没亡底一个小国。地方不过百里。国王请我们吃大餐（坐在地上吃），又教我同他父子照了一个相。附上底照片，是那国王底父亲底陵前一条小溪，石头很好看，水很静，像镜一样。站在床后的那张，很像我父亲底样子。那蚊帐架子很特别，一面有四个钩，可以挂蚊帐，随时可以取下。照这法子，咱们底铜床也可以做，用木头做，可以叠起来，晚上支上。上头底方框，也可以拆，冬天不用可以收起来。（附图略）

种籽一包，是此地底野花，可以交给新种，等我回去看。小黑籽是刺罂粟，开黄花，像虞美人，不过全身是刺，宜于种在篱笆下，可以与虞美人配种，使花底颜色改变，刺少一点。像榆钱底是一种小树，开黄花像喇叭。有毛底是蒲公英（各种颜色都有），比中国底大四五倍。还有小黄扁籽，也带絮，是小金盏，此花台湾、广东也有，不香，可很好看。

下星期再谈吧！我的亲妹妹。

哥，你的伴　四月一日

（十）

六妹子：

又是两个星期没接到你底信了。燕京款项交涉，结果如何？现在我身边只剩二百三十卢比左右，这月底不来钱，可了不得。上海那套《大藏经》寄到广州去没有？此地有个印度人想买。梵文教师已找着，每月束脩，大约在二十卢比，一星期三次。这两天正忙着咧。在此地又变成纯粹的素食者。印度人多半食素，除去回教徒以外，简直没有食肉底，连鸡子都要到很远去买，我有三个星期没尝过鸡子和肉底气味了。他们底素食，滋养料很充足，主要是饭、黄油、醍醐、酪。我一天吃两顿。早餐没有人吃，十一点半一顿，晚上八点一顿，下午喝一杯茶。每顿吃差不多一碗饭。两杯牛乳，一张饼，没有什么菜，稠豆浆照例有。虽然吃不多，精神却很好。

关于咱们底房子问题，交涉了没有？我想若是学校下年辞退许多教员，当局必不会给我们原先看定底那所房子（史密斯的房子）。住在南大地或东大地，未免不方便（老太爷方面）。现住底房子无论如何是不能要，因为租钱太贵，又没花园可以给孩子玩。我始终还是想住海甸。

燕京大学无线电台每星期一、五两日与仰光通电。你如要打电给我，可以请那犹太学生（刘育才）Mr. Jacob Rafinowily 替你打，不用花钱。打到仰光请许麾力先生给转到我这里便可以。刘育才住城里，电文得用英文，可以请蕙君写。再谈。

哥　四月九日

（十一）

好妻子：

今早接到你三月十九底信，心花都开了。好妻子，我知道你苦闷，我应不离开你。以后若是要到别的地方去，一定和你同行。

此地一切均已就绪，不过时间太短，恐怕学不着多少。近几天来，每想燕京底事情，以后是靠不住的。“君子见机而作”，应当早想法子。哈佛燕京社底钱，他们不拿来用在真正国学底研究上。我们几个人，除我懂外国话可以抬杠以外，其余颉刚、希白二位是不闻问底，所以我会成为他们底眼中钉。不晓得到什么时候，他们要开除我。这几天，我想到一个方法，就是自己找些钱，开个研究院……

寄去照片其中，一张是我底卧房，墙上挂着你底像，后面是我买底一个美女（画）。另二张是我在此校底膳堂里吃饭底样子。他们都坐在地上，用手抓饭吃。印度人吃饭，照例是脱衣服，赤脚。我底脚，比起他们底，是又小又白净。他们说我底脚像女人底一样（他们说美得像辨才天女底一样），但他们底女人底脚并不小，也不白净。膳堂底尽头便是厨房，你可以看见那厨子在地上烙饼，两张不同样，一张可以给文子，吃完，把盘子（请客时，用蕉叶，或别的大树叶）推进坐底方几里头，到外面洗手，吃槟榔。又一张是在澳门贾梅士纪念碑底下照的。贾梅士（Camoerns）是葡萄牙底最大诗人，明末到澳门来，在白鸽巢写他最伟大的 *The Jusiad*。此诗为葡国最美的作品，所以欧洲名人，每到此瞻拜他底遗迹，石壁上刻了许多名人底题记。此片是给王克私先生底，请转给他。回家时，可以教给你洗像。（学费二百元，给得起吗？）

你底腿现在怎样啦，好了没有？我想原因是前几年在塘沽摔倒所致，并不关牙底事。英国近出了一种药，名 Elaito，专治腿痛，不晓得北京有卖底没有？如没有，可请蕙君写信到伦敦去买一瓶试试，或照底下拟底信寄（去略）。此药每瓶五先令，无邮费，故寄五先令便可以。药是内服，从血液医治。到底怎样，我没见过。我在此，因为吃素底原故，没屙过血，痔疮也渐小了。我想以后，我不再食肉了，最多可以吃鸡子或肉汤。我已理会肉类对我底身体不合式。咱们都吃素，好不好？

地山　四月十五日

（十二）

六妹：

上函寄出后告诉你我到此一切就绪，想必你会为我心安。远隔重洋，一字值千金，望你多给我写信，以慰时刻在想念你们的游子。

记得我在一九二六年由英国回国时，特意绕道印度去拜访诗圣泰戈尔，那时我住在印度波罗奈城印度大学，搭车去加尔各答附近的圣蒂尼克泰戈尔创办的国际大学参观，同时也去泰戈尔家里看望，他是我一向敬仰的知音长者。还带回来他送给我的照片和纪念品吉祥物白瓷象。交给你，你还很宝贵的收藏着。我回忆起泰戈尔肩披有波纹的长发，飘洒着美丽的银须，谈笑风生，举止优雅。他的形影至今还深刻地留在我脑里。他建议我编写一本适合中国人用的梵文辞典，既为了交流中印学术，也为了中印友谊，我回国后即着手编纂。字典稿存在燕京大学我的书房里，你空时去燕京看看该没有散乱那些卡片吧？我本想再去看看泰戈尔，告诉他我遵循他的嘱咐在编梵文辞典，他一定会很高兴的。可是我打听到他现在不在家，到别处讲学去了，也不知是去到那里，所以我就没法去看他。我留印度不会久的，恐怕没有机会再见面了，除非他再到中国来，一九二四年他来中国时我在牛津，失去了相见的机会，所以我回国时一定绕道印度去看他。至终如愿以偿是很高兴的事。现在近在咫尺未能再见深为遗憾。真是人生聚散无常呵！我在外心里的事无可告诉，坐下来把它写下告诉你，泰戈尔是我的知音长者，你是我知音的妻子，我是很幸福的，得一知音可以无恨矣。对吗？

你底四哥　四月二十日

（十三）

六妹：

昨天接到你三月二十七底信，一切知道，钱如筹到，即请电汇。燕京如不再给，是真对我不住，使我对于他们更失信仰，我实在不想同他们再混下去。燕京当局老抱着一种“要则留，不要则请便”政策对付教员，这是我最反对的。来年裁底人固然有许多该走底，但也有很好的教员在里头（未见着名单，谁被裁总知道一点）。几个大头闹意见，拉拢教员，巴结学生，各树党羽。在我看来，无一是处。我想还是另找事情，北大，或南京，或广西，湖南都可以。我不再找清华了，这次要走得走远一点。前次的信所说，组织电影经理处底事，我越想越有把握，虽然我不会做买卖，我却信这事可以办。

我来此已一个多月了，对于此地风土人情也多知些。有些印度人底责任心浅薄，应许的事，每不去做。有时我得自己出马，连当差底也用不得，不好好干事，只想要钱。此地个个都以为我是财主，他们想，若没钱，怎能到外国？两三个同住底半教员半学生底印度人老是向我要这样，要那样。比如一块胰子（我不懂本地话，自己去买得到很远去，坐车得花差不多两块大洋来回），你若托他们去买，他们总没工夫，可是等我自己去买回来，他们又来借，连牙膏牙签也可以借！若是他们领我去看地方，好！什么都得我解囊！我怕得不但不敢约他们，连自己去也不敢叫他们知道。

我屋里的臭虫简直没办法，一天总要治死十几只。印度臭虫特别大。他们多不杀生，见我底行为，都很诧异。有些人身上还养臭虫，以为是一种功德，所以你如看见别人身上有臭虫，最好别去管，若不然，有时候你便要听见“由它罢，那是我养活的”。若是你不喜欢臭虫，把它拈起来，送到门外去，所以结果不是爬回来，便是到别人身上去。我在写字，臭虫满桌上爬，真像小油虫一样，走动得很灵敏，你要拈它，它马上就藏起来。

此地的蝙蝠也非常的大。每到黄昏，一群一群飞出来觅食，翅膀张起来，约有四尺，歇着的时候，就像一只小狐狸。绿鹦哥（会说话的）很多，市上卖得很贱，一钱银（合三毛多大洋）可以买一只。孔雀也便宜，十几卢比一对，不过都不好带，在半道上常饿死了。

照片四张，有一张是广州小北门外，我大姊底坟，临离开广州底前二天找到底，坟砖都被人偷了。偷者算还有良心，还留下墓碑与后土位，找到的时候，土埋到“显妣”底地方。我找人随便挖开，照了这相。其余已请叶启芳经管，修理总要五六十元（最少）。此片可以转寄给敦谷。其余三张是上星期底成绩（自洗自晒）：“象”是到远地给你买一个最好的镜框，挂上以后照底。“看书”是在我床上照底。还有一张“看书”，墙上挂底是洗姑娘底画和甘地底浮像。

这样的手段，可以开照相馆吧？……

四哥　四月二十四日

（十四）

六妹妹：

这封信一定与二十四那封同时到，因为此地空邮提早了一天，所以上星期底信件，都归入这星期发。翠玉四块，本来不大，不能做得什么，当时也想到买些大的，只怕钱都用完，没法往前走。买璞更便宜，不过得懂，才有把握，一块可以琢成手镯之翠玉璞也不过三十盾左右，琢出来也许就值一千，也许满不是那么一会事。那四块小翠玉一共花了十四卢比（十五元左右），顶大块的十一卢比，其余每件一卢比。我到底时候正是中国商人（多半自广州来）到玉山去采璞底季候。所以有底旧货，人都争着出脱，可惜没钱，不然真可买得好的。缅甸还产红宝石和绿宝石。我知道你不大喜欢红的东西，所以没问价钱。至于怎样处置那四块小东西，我以为可以镶胸针或项串，若把那大的镶戒指，不成吗？

七妹子决意出家，我早料到，机会命运把她放在那样的生活里，你想有什么路可以走，除去当姑子以外？不过当姑子并不算什么伤心。人都得有个职业，她要专心办学，自然出家比嫁人更好。在学校当过五六年校长，不嫁，还不是和姑子一样？更好的是，若她当了正式姑子，她可以享许多利益（办事上的和学业上的），当然是好。我总想着，她若离开那样的环境，也许不至于出家，但往哪里去找更合式、更永久的事给她呢？不必伤心，提防蕙君跟她学，那是要紧。

上次寄给你的那印度女子（像），她父亲已经给她找着一个女婿，不过还没下定。此地风俗，嫁女得预备很多钱。因为女婿可以要求陪嫁（不是嫁妆），有时要求过多，娘家不能给，婚事便吹了。此女已找过几主，人家要她两千陪嫁，她父亲出不起，所以没成。陪嫁是交给女儿带过来底现款，除此以外，礼费妆奁还要。所以女儿在此真是“赔钱货”。男子可以不送聘金，得妻兼得财。我也很想干一干，你说好不好？

昨天晚上去看印度戏，是翻译欧洲底剧本。情趣与中国底新剧一样，男女合演，在他们是破天荒。

我想在六月中旬离开此地，若没钱就一直回国，若有富裕，便到各处走走（期间两星期左右）。我还没到当到的地方去咧。此信到时还可以回信，若过五月二十，请不要寄常信，信走四星期才能到此，寄飞机信或打电报都可以。

现在要到一个花园去同那女子照相。她哥哥要我代她照一个好的，为底是可以给人看。

告诉小苓这是爸爸。

（原信后有许地山自画像——编者）

丑　四月二十九日

（十五）

妻子：

我四月二十四日去信大致说了燕京大学不是久留之地，总有一天他们会开除我。你知道，我读在燕京，我教在燕京，我生活在燕京，我尊敬燕京的老师，我爱护燕京的学生，对母校燕京是有感情的。但对燕京当局的种种措施不能容忍，我决心要离开。我告诉过你，缅甸大学邀我去教书，我又想组织电影经理处，又想办研究院。最后决定还是办一个中学切合实际，中学是基础教育，可以为高一级学校或专科学校培养后备军。而且你又是中学教师，我们同心协力建设一个最理想的中学。这个建议你赞同吗？来信告诉我。

你问我除研究梵文和印度哲学外还做些什么，你知道我一天总是在图书馆的时候多，过去在牛津大学人们开玩笑叫我书虫，书虫是蛀书的，但是读书读到深邃倒是我所乐为的，假使我的财力和事业能允许我，我愿意在牛津做一辈子书虫，做书虫也是不容易的，须要具备许多条件。我没有条件，只是抱着读得一日便得一日之益的心志。

好人！你看我的书斋名面壁斋，过去我没向你解释，就是心无二用、目无斜视的读书。这样才能专心致志，武装自己的头脑，才能广博知识，明析道理，坚持革命精神经久不惑且愈坚。

我除读书外还写写小说，过去在家里写好了你代我抄，现在写好了还要自己抄，有时抄得手腕都痛起来。我想还是把初稿寄给你，你代抄，还可以让你先看看，也可以提提修改的意见。

今日就写到这里。

地山　四月三十日

（十六）

六妹：

昨天才寄你一信，今天一早起来，想起了是五一国际劳动节。这个节日是我们夫妇喜庆的日子。你记得吗？是我们结婚底第六周年纪念日。不知你们在家庆祝没有？我们每个纪念日全家都照一张照片，等我回家时再照吧。

记得我在日记本上写的“风和日丽，我们幸福地开始共同生活”。你建议在中山公园来今雨轩举行婚礼，为纪念我同郑振铎等十二人创办文学研究会成立大会的所在。那些参加祝贺的朋友亲戚们如蔡孑民、陈援庵、熊佛西、朱君允和田汉、周作人等如仍在北京，有空去拜访拜访他们，也代我向他们致意。

你底好伴地山哥　5.1

（十七）

六妹，好伴儿：

今天接到你四月十三日底信，想那封飞机信是丢了。昨天接北京汇来英金三十镑，大概是燕京来底，今天不能取，到明天才能知道。那封丢了底信，你大概是告诉我小说稿接到了。方才又接到上海底信，傅东华来的，说小说稿已接到，登在七月号上。上两信给你说底电影计划，进行了没有？我看是很有希望，你想怎样？哥七月底准到家，若钱来得早，早走，也许六月初离此地，游行二星期，七月中到平。

……妹看好不好？妹请人写起来，挂在卧房里，好不好？“①夫妇间，凡事互相忍耐；②如意见不合，在说大声话以前，各人离开一会；③各以诚意相待；④每日工作完毕，夫妇当互给肉体和精神的愉快；⑤一方不快时，他方当使之忘却；⑥上床前，当互省日间未了之事及明日当做之事。”还有一两条，不甚重要，不必写。妹妹，你想这几条好不好，咱们试试吧。哥实在没给妹委屈，平心而论。但以后，无论如何，咱们不会再争吵了，我敢保，我知道妹真爱我。

妹，你应当告诉我底许多事，都没告诉我，我在此地，要像在家一样知道家里底事。蕙君常来吗，老太爷心境如何？为何不写信？

丑　五月六日

（十八）

六妹子：

等你的信，到如今还未接到，我有一点着急了。这几个月用了不少钱，只希望佛教会能津贴一点，但到如今，一点信息也没有。××先生也没回信，“轻诺必寡信”是意中事，我决定钱来便走。地方也不多走了。家里还有许多手尾未了，如道教史、厌胜钱、印度小说等等都要赶着做，所以早回家也好。此信到时，如还筹不着钱，即想法电汇四十镑做路费到上海，回家后再说。今天是十四，此信大概得六月初才能到平，所以在这封信到时，没有给你回信底时间了。香港来信说你寄去五元，信没收到，钱却收到了，等你的信哪。

昨天上狮子堡去。此堡离城不远，出海四千多尺，风景很好。那个印度女子到别底地方去了，她父亲因为有一主要求嫁妆太多，又没成功，所以又带着她到孟买去。在印度生女，真是个“赔钱货”，嫁妆论钱，并非像中国底家私，并且是给女婿的！所以一不成，为父亲的得带着女儿到处去找“主儿”。通常女子是要受男子或男家人试验和面看底。我不喜欢她哥哥和她父亲，因为他们净占我便宜，一进我屋里，能吃底，不问主人，都给吃光了。我早没想到印度是个馋地方，馋到连苍蝇也吃起盐来了！在饭厅里，我真没法轰它们，酱和油盐一不留意，准有苍蝇来光顾。虫犹如此，何况人乎！她父亲教我写信给你，寄点北京酱品来给他吃，真不客气！我没见过这样人。……

地山　五月十四日

（十九）

六妹子：

接到五月一日底飞递信。同时收到燕京两封，一是傅晨光先生的，一是会计处的，说的都是关于钱的事。学校只应许借，因为原许的二千美金已经用完，金水落得厉害，所以不敷。这也不能怪学校，不过借薪水在此地用，有点不上算，还是去催催 ×××，多少总筹一点来做路费。燕京借钱照例要算利息，你得提防，你告诉傅晨光，我把《道教史》交给商务印书馆，他写信来说我应当先问哈佛燕京社要不要，因为所有我的作品，哈佛燕京有权先印。这一来，连小说都要算在内。咱吃他几百块，还要吐东西还给他，实在有点不愿意。我要写信给傅晨光先生，如果学社要，得给钱。告诉吴文藻先生，说不要给我定功课，我来学年不教书。我真想自己出来干一干，燕京是靠不住的。

钱到得早时，我准于六月中（此信到时）离开孟买，一直到香港。我还要回漳州把那些东西带回家，所以七月十日左右便可以到家。至于写信怎寄的问题，我以后定了船期，你便可以由船公司转。以后再告诉你吧。近来心烦得很，有时自己生气。

哥　五月二十一日

（二十）

六妹子：

五月九日和十四日的信都接到了，我现在只等款，款一来，马上就走。这封是最后的飞机信，此后还是每星期一给你信，你可以不必回信。若我的船位定好了，你可由飞机递到各埠船公司转给我。

写信给老太爷，我自从到这里来，一步也没走开，没什么可报告的。许多地方应当去的都还没去。上星期赶着雨季之前到阿前多和伊罗去参拜佛教遗迹，用了一百元左右。在伊罗洞外约十里的丛林中遇见一只约一丈长（连尾巴）的大豹，险些性命丢给豹做大餐。那天（五月廿七）在道上遇见许多小野兽，因为洞离城市十七英里，我同一个学生坐马车去底，马车走三点钟才到。回来时，日已平西，过那丛林，已不见太阳，正是猛兽出来找吃的时候。车上三个人，一面走一面谈，忽然车夫嚷说：“看！老虎在道上走！怎办？”那时已是黄昏后，幸亏是月明时候，车夫也有经验，他说：“坐定了，提防着！”把马鞭了一下，走近那大豹约十码之地，车夫鞭车篷，发出大响声。那豹一双大眼睛看着我们，摇着尾巴，慢慢走到溪边去了。车夫看的是老虎，我看的是豹，可惜光不足，不然照一张相片回家，多么有意思！当时并不觉危险，事后越想越玄，几乎晚上都睡不着，回家躺了好几天。那同走的学生太不关心，在走以前，我买了一本指导书（本地文）教他先看，看明白了再走，他没看。到那晚上，回家，他才翻起来看，说：“指导书里也说在太阳未落山以前就得离开洞口，道上时常有野兽来往。”我听了，真是有气。印度人底不负责任，从这一点就可以看出来。还有一种爱占便宜底习惯，更令人看不惯。这宿舍，因为暑假，只住着四个人（连我算），那三个人，短什么东西，都到我屋里来借、来取，像我是他们底管家。胰子、牙膏、洋蜡、墨水、邮票、信封、信纸等等，凡日用所需，应备底都不自己去买，等我买回来，他们要现成。有时自己有，留着，先用别人底。有一天，出门，用旱伞，那个女学生底哥哥来说：“请把旱伞借我使使。”我说：“我底旱伞有一点破，不好使，你还是使你自己的罢。”因为我知道他有。他说：“我底也有点破，反正你是要修理底，多裂一点，并不多花钱。”从我手里硬夺过去。你说世上真有这样人！出门去玩，吃东西，坐车，若是用他们的钱，回家一个子也算得清清楚楚，若是用我底，就当我请了客！在这里住底，个个家里都是十几廿万家事底子弟，还是这样酸，其他可想。所以这几个月，住在此地，天天都有气，我又面软，不便说什么，又不愿意得罪他们，这使他们想着我比他们更有钱。

燕京底房子，是不是“四美轩”或“三松堂”后面底那座？没自来水，可以把现在的抽水机移出去，钱要燕京花，把那水机送燕京都可以，但要高水池和水管。海甸地低，用不着打多深，所以水柜可以放在房顶上。

《藏经》消息又沉了，我想还是找李镜池，分期交款办法本可以办，你主张（一次交款）不成，也许他们不要了，你可写信到上海。叫有骞先把书寄去，我到广州再同镜池交涉，或是你写信给镜池，应许他分期交款，看他怎回答。那书不卖，恐怕以后越难出去。日本金水跌得低，他们也许可以直接去订。

我定十五六离开此地，到孟买去定船。看这光景，是不能游历了。到现在钱还没来，教我真没办法。这次买船票先到香港广州再住几天，转回漳州，把几盆兰花带回来。我还要到南京去，找几个朋友。所以顶快也得七月中才能到家。

我身边只剩下三百卢比，若买三等票，也可以到香港。这两天就得定船位，下星期若钱还不来，真得定三等。日本船便宜，可不敢坐。欧洲船三等，不晓得怎样，还得打听。如有美国总统船，三等也可以。大概我会搭三等回家，我想我没来由借钱坐二等。

再谈吧。

地山　六月九日

正要发信，又接你五月十五底信，知道燕京许补一千。我想这便够了，不必再求什么人了。佛教会，有也好，没便罢，用人底钱又得为人做报告。汤芗铭先生可以去见见。××底话是靠不住底，他也是找朱子桥。

（二十一）

六妹子：

五月廿八底信收到了，我定于后天到孟买去，过几天再回普那见见甘地，然后到戈亚为七妹子和蕙君求福去。从戈亚再到麻得拉斯探探古黄支国底遗迹，有工夫再到南海普陀落迦山（真普陀山）去拜拜观音菩萨。从普陀山到那伽拔檀城搭船到槟榔屿，大概这个月底可以到槟榔，从那里渡海到苏门搭拉拜先父（你底公公），和祖宗的墓，再回到槟榔屿候船回国。在槟榔屿有中国船往来厦门、仰光间，二等船不过一百元左右，所以为省钱起见不得不等。我会住在旧友陈少苏先生家里，若是船期不合式，也许住长一些，但最多不过两星期，不用花什么钱，时间是现成，住几天怕什么？七月中准在广州，住一两天，回厦门取东西，住两三天，有船便走，大概得七月底才能到家。七月中你可以寄信到香港陈作熙先生处转给我。我上船把行李放在他那里，进广州去一下。何椿年要我带些南洋果种，去交割清楚，马上上船。也许随着原船到厦门（中国船在香港多半停三天）。槟榔屿地址，可以不必给你，因为写信来不及。但万一有要紧事，要打电报，即将陈少苏先生转（地址略）。英文用厦门话拼音，南洋以福建话为国语。五妹回家有何贵干？恐怕我到平，蕙君已回青岛去，你留着她，等到我回来好不好？我也要到山东去一去。因为我这次底游记，用孔子做主角，我是跟孔子游历底人，书名大概就用《孔子西游记》。漂亮不漂亮？内容丰富，裕有兴趣，没眼睛底可以不用看。曲阜没到过，所以头一章还没动手。

我已打电给燕京，叫把款电汇来此，我就用这三十镑做路费了，别的财源恐怕要等到黄河清才能出现吧。

此信由陈作熙转飞递，想可早到。方才看报，日本副领事在南京失踪，恐怕又要出乱子。

地山　六月十三日

（二十二）

六妹子：

因为燕京底钱来迟了，昨天开的船搭不上，又要等两个星期才有船，你看这耽误多少事！我定底是十六离开此地，十九在麻德拉斯上船（普那到麻德拉斯就像北京到上海那么远），到昨天才接银行底通知单，今天下午去取，无形中叫我损失两镑电费，还加上两星期的用费。到槟榔后，船期又不一定，也许还要等两个星期。中国船便宜，我不得不等，所以顶快得八月初才能到家，越想越有气。现在定二十四离开此地到戈亚去，十七八到麻德拉斯，七月三日下船，十二到槟榔屿，假如十五六有船，那就最好不过，不然，要等到二十几也不一定。那时候，恐怕路费又不够了，怎办？出外耽误一天，就会生出许多意外的麻烦。本来可以从孟买走，不过从那里走的都是大船，价钱贵得多。日本船不敢搭，不然，本月二十六有一只到上海去。

离开麻德拉斯不再打电了，打一次得花二十元左右。到槟榔屿给你寄飞机信，但在七月十三日左右准在槟榔，有信寄前信所给地址便可以。

地山普那　六月二十日

（二十三）

六妹：

戈亚底信想已收到。到麻城已三日，船明天走，十三到槟城，住几天，再到日里去省墓，离槟城时当在本月底也。（谁教你不寄钱？）

在戈亚，买了些东西给七妹子和蕙君，在麻城买了些给文子和小苓底东西，花了二十多卢比，回家要同你算帐。此地人心太坏，动不动就要赏钱，车夫随时随地都想介绍女人给你，他说："又省钱又美，先生也找一个罢！"可惜你没来，不然咱们可以多看些怪像。

昨天到古黄支国去，走了一天，到深夜才回来。今天下午青年会要我谈中国，义不容辞，就得卖力。还是普那那位咱们送他东西底 Paru Lekar 先生好，临走时送我五十大卢比程仪，了不得的人情，若没有他送我底那笔钱，戈亚是去不了底。

再谈罢。多等几天，吾就到家了。

你的哥　七月二日

（二十四）

六妹子：

在船上十天，十二到槟榔屿，二十左右有一只船（中国船）到厦门去，所以得在此地候十几天。我打算下星期二（十七）到棉兰去看父亲的坟墓，十九回来搭船，一切都已办妥了。进荷兰属地要钱和人担保，钱是合中国钱二百元，人要殷商。我身上只剩一百元左右，朋友已为我想了法子。中国船我可以坐三等，到厦门不过七八十元，可是慢，比英法邮船要迟到一个星期，钱又省一百多，大概在二十七八船能到香港。你有话可以由陈家转。

仰光大学要我去当汉文教授，我暂时不发表意见，先回家看看情况再说。此地风景极佳，全岛十分之八是中国人，以福建人为多。我住底地方是中国人开的中学（钟灵中学），位于 Macatister st，许多国民党要人都在此住过，因为本来是间革命党的阅书报社。

中国情形，阅报可知一二。

即颂

时祉

地山　七月十四日

（二十五）

六妹子：

昨天到棉兰，看看父亲的坟地，那地点虽然不错，可是坟做得太坏，连碑字都刻错了。老二当时在这里，我不晓得他监的是什么工。看报知道刘半农于前天逝世，他曾应许我要给我厌胜钱看，他收底也很多，恐怕他身后家里底人又卖出去。（原信缺—— 编者）……

今天搭船去槟榔屿，明天有船开厦门，是一只中国船“丰庆”。我买底是统舱，大概十几块钱便可以从槟榔到厦门。若搭外国船，一定不能坐三等，二等最少也得二十五镑。你看差多远。不过此船很慢，比起外国船要迟到三四天，船又老，在海上常出险。除此以外，倒没什么。若是明天开船的话，二十一到得了新加坡，三十左右到香港，八月三日左右到厦门，到漳州取兰花，住三两天，有船到上海便走，大概十几才能到家，等着罢。（这是大熬人！）意大利船从新加坡五天可到上海，多快!

在苏门答拉棉兰爱同俱乐部

地山爷　七月十八日

（二十六）

六妹：

今天到香港，接你催人回家的信。当然不敢在外久留，船明天开厦门，大后天（八月一日）可到。到厦门有船便走，大概芒沙力或芒沙丹尼走星期五，所以下下星期一（六七号）可到上海。如船到得早，便赶车直上北京。此行带了一个新加坡的华侨学生，姓林底，他哥哥底意思是要他住在咱们家里，他要考清华或燕京。我想你叫作新想想法子，住辅仁也成。这林姓学生纨绔气很重，不过他哥哥是老二和我底老朋友，大义难辞，得为他想法子。海行十余天，有点疲，今天打算住客栈（香港大雨，弄得我像落水鸡。现在陈作熙先生处，他家没地方），别的朋友也不想找了，麻烦人家，有点过意不去。也许我到家时此信还没到呢，漫写而已。

老太爷到底是什么病，要紧不？等我回来，他也许好了。

专此敬颂

妆安

地山　七月二十七日

小说

铁鱼的鳃

那天下午警报的解除信号已经响过了。华南一个大城市的一条热闹马路上排满了两行人，都在肃立着，望着那预备保卫国土的壮丁队游行。他们队里，说来很奇怪，没有一个是扛枪的，戴的是平常的竹笠，穿的是灰色衣服，不像兵士，也不像农人。巡行自然是为耀武扬威给自家人看，其他有什么目的，就不得而知了。

大队过去之后，路边闪出一个老头，头发蓬松得像戴着一顶皮帽子，穿的虽然是西服，可是缝补得走了样了。他手里抱着一卷东西，匆忙地越过巷口，不提防撞到一个人。

“雷先生，这么忙！”

老头抬头，认得是他的一个不很熟悉的朋友。事实上雷先生并没有至交，这位朋友也是方才被游行队阻挠一会，赶着要回家去的。雷见他打招呼，不由得站住对他说：“唔，原来是黄先生，黄先生一向少见了，你也是从避弹室出来的吧？他们演习抗战，我们这班没用的人，可跟着在演习逃难哪！”

“可不是！”黄笑着回答他。

两人不由得站住，谈了些闲话。直到黄问起他手里抱着的是什么东西，他才说：“这是我的心血所在，说来话长，你如有兴致，可以请到舍下，我打开给你看看，看完还要请教。”

黄早知道他是一个最早被派到外国学制大炮的官学生，回国以后，国内没有铸炮的兵工厂，以致他一辈子坎坷不得意。英文、算学教员当过一阵，工厂也管理过好些年，最后在离那大城市不远的一个割让岛上的海军船坞做一分小小的职工,但也早已辞掉不干了。他知道这老人家的兴趣是在兵器学上，心里想看他手里所抱的，一定又是理想中的什么武器的图样了。他微笑向着雷，顺口地说：“雷先生，我猜又是什么‘死光镜’‘飞机箭’一类的利器图样吧？”他说好像有点不相信，因为从来他所画的图样，献给军事当局，就没有一样被采用过。虽然说他太过理想或说他不成的人未必全对，他到底是没有成绩拿出来给人看过。

雷回答黄说：“不是，不是，这个比那些都要紧。我想你是不会感到什么兴趣的。再见吧。”说着一面就迈他的步。

黄倒被他的话引起兴趣来了。他跟着雷，一面说：“有新发明，当然要先睹为快的，这里离舍下不远，不如先到舍下一谈吧。”

“不敢打搅，你只看这蓝图是没有趣味的。我已经做了一个小模型，请到舍下，我实验给你看。”

黄索性不再问到底是什么，就信步随着他走。二人嘿嘿地并肩而行，不一会已经到了家。老头子走得有点喘，让客人先进屋里去，自己随着把手里的纸卷放在桌上，坐在一边，黄是头一次到他家，看见四壁挂的蓝图，各色各样，说不清是什么。厅后面一张小小的工作桌子，锯、钳、螺丝旋一类的工具安排得很有条理，架上放着几只小木箱。

“这就是我最近想出来的一只潜艇的模型。”雷顺着黄先生的视线到架边把一个长度约为三尺的木箱拿下来，打开取出一条“铁鱼”来。他接着说：“我已经想了好几年了，我这潜艇特点是在它像一条鱼，有能呼吸的鳃。”

他领黄到屋后的天井，那里有他用铅版自制的一个大盆，长约八尺，外面用木板护着，一看就知道是用三个大洋货箱改造的，盆里盛着四尺多深的水。他在没把铁鱼放进水里之前，把“鱼”的上盖揭开，将内部的机构给黄说明了。他说，他的“鱼”的空气供给法与现在所用的机构不同。他的铁鱼可以取得氧气，像真鱼在水里呼吸一般，所以在水里的时间可以很长，甚至几天不浮上水面都可以。说着他又把方才的蓝图打开，一张一张地指示出来。他说，他一听见警报，什么都不拿，就拿着那卷蓝图出外去躲避。对于其他的长处，他又说：“我这鱼有许多‘游目’，无论沉下多么深，平常的折光探视镜所办不到的，只要放几个‘游目’使它们浮在水面，靠着电流的传达，可以把水面与空中的情形投影到艇里的镜板上。浮在水面的‘游目’体积很小，形状也可以随意改装，即使低飞的飞机也不容易发现它们。还有它的鱼雷放射管是在艇外，放射的时候艇身不必移动，便可以求到任何方向，也没有像旧式潜艇在放射鱼雷时会发生可能的危险的情形。还有艇里的水手，个个有一个人造鳃，万一艇身失事，人人都可以迅速地从方便门逃出，浮到水面。”

他一面说，一面揭开模型上一个蜂房式的转盘门，说明水手可以怎样逃生，但黄已经有点不耐烦了。他说：“你的专门话，请少说吧，说了我也不大懂，不如先把它放下水里试试，再讲道理，如何？”

“成，成。”雷回答着，一面把小发电机拨动，把上盖盖严密了，放在水里。果然沉下许久，放了一个小鱼雷再浮上来。他接着说：“这个还不能解明铁鳃的工作，你到屋里，我再把一个模型给你看。”

他顺手把小潜艇托进来放在桌上，又领黄到架的另一边，从一个小木箱取出一副铁鳃的模型。那模型像一个人家养鱼的玻璃箱，中间隔了两片玻璃板，很巧妙的小机构就夹在当中。他在一边注水，把电线接在插梢上。有水的那一面的玻璃板有许多细致的长缝，水可以沁进去，不久，果然玻璃板中间的小机构与唧筒发动起来了。没水的这一面，代表艇内的一部，有几个像唧筒的东西，连着板上的许多管子。他告诉黄先生说，那模型就是一个人造鳃，从水里抽出氧气，同时还可以把炭气排泄出来。他说，艇里还有调节机，能把空气调和到人可呼吸自如的程度。关于水的压力问题，他说，战斗用的艇是不会潜到深海里去的。他也在研究着怎样做一只可以探测深海的潜艇，不过还没有什么把握。

黄听了一套一套他所不大懂的话，也不愿意发问，只由他自己说得天花乱坠，一直等到他把蓝图卷好，把所有的小模型放回原地，再坐下想与他谈些别的。

但雷的兴趣还是在他的铁鳃，他不歇地说他的发明怎样有用，和怎样可以增强中国海军的军备。

“你应当把你的发明献给军事当局，也许他们中间有人会注意到这事，给你一个机会到船坞去建造一只出来试试。”黄说着就站起来。

雷知道他要走，便阻止他说：“黄先生忙什么？今晚大家到茶室去吃一点东西，容我做东道。”

黄知道他很穷，不愿意使他破费，便又坐下说：“不，不，多谢，我还有一点别的事要办，在家多谈一会吧。”

他们继续方才的谈话，从原理谈到建造的问题。

雷对黄说他怎样从制炮一直到船坞工作，都没得机会发展他的才学。他说，别人是所学非所用，像他简直是学无所用了。

“海军船坞于你这样的发明应当注意的，为什么他们让你走呢？”

“你要记得那是别人的船坞呀，先生。我老实说，我对于潜艇的兴趣也是在那船坞工作的期间生起来的。我在从船坞工作之前，是在制袜工厂当经理。后来那工厂倒闭了，正巧那里的海军船坞要一个机器工人，我就以熟练工人的资格被取上了。我当然不敢说我是受过专门教育的，因为他们要的只是熟练工人。”

“也许你说出你的资格，他们更要给你相当的地位。”

雷摇头说：“不，不，他们一定会不要我，我在任何时间所需的只是吃。受三十元‘西纸’的工资，总比不着边际的希望来得稳当。他们不久发现我很能修理大炮和电机，常常派我到战舰上与潜艇里工作，自然我所学的，经过几十年间已经不适用了，但在船坞里受了大工程师的指挥，倒增益了不少的新知识。我对于一切都不敢用专门名词来与那班外国工程师谈话，怕他们怀疑我。他们有时也觉得我说的不是当地的‘咸水英语’，常问我在哪里学的，我说我是英属美洲的华侨，就把他们瞒过了。”

“你为什么要辞工呢？”

“说来，理由很简单。因为我研究潜艇，每到艇里工作的时候，和水手们谈话，探问他们的经验与困难。有一次，教一位军官注意了，从此不派我到潜艇里去工作。他们已经怀疑我是奸细，好在我机警，预先把我自己画的图样藏到别处去，不然万一有人到我的住所检查，那就麻烦了，我想，我也没有把我自己画的图样献给他们的理由，自己民族的利益得放在头里，于是辞了工，离开那船坞。”

黄问：“照理想，你应当到中国的造船厂去。”

雷急急地摇头说：“中国的造船厂？不成，有些造船厂都是个同乡会所，你不知道么？我所知道的一所造船厂，凡要踏进那厂的大门的，非得同当权的有点直接或间接的血统或裙带关系，不能得到相当的地位。纵然能进去，我提出来的计划，如能请得一笔试验费，也许到实际的工作上已剩下不多了。没有成绩不但是惹人笑话，也许还要派上个罪名。这样，谁受得了呢？”

黄说：“我看你的发明如果能实现，却是很重要的一件事。国里现在成立了不少高深学术的研究院，你何不也教他们注意一下你的理论，试验试验你的模型？”

“又来了！你想我是七十岁左右的人，还有爱出风头的心思么？许多自号为发明家的，今日招待报馆记者，明日到学校演讲，说得自己不晓得多么有本领，爱迪生和爱因斯坦都不如他，把人听腻了。主持研究院的多半是年轻的八分学者，对于事物不肯虚心，很轻易地给下断语，而且他们好像还有‘帮’的组织，像青、红帮似的，不同帮的也别妄生玄想。我平素最不喜欢与这班学帮中人来往，他们中间也没人知道我的存在。我又何必把成绩送去给他们审查，费了他们的精神来批评我几句，我又觉得过意不去，也犯不上这样做。”

黄看看时表，随即站起来，说：“你老哥把世情看得太透彻，看来你的发明是没有实现的机会了。”

“我也知道，但有什么法子呢？这事个人也帮不了忙，不但要用钱很多，而且军用的东西又是不能随便制造的。我只希望我能活到国家感觉需要而信得过我的那一天来到。”

雷说着，黄已踏出厅门。他说：“再见吧，我也希望你有那一天。”

这位发明家的性格是很板直的，不大认识他的，常会误会以为他是个犯神经病的，事实上已有人叫他做“戆雷”。他家里没有什么人，只有一个在马尼剌当教员的守寡儿媳妇和一个在那里念书的孙子。自从十几年前辞掉船坞的工作之后，每月的费用是儿媳妇供给。因为他自己要一个小小的工作室，所以经济的力量不能容他住在那割让岛上。他虽是七十三四岁的人，身体倒还康健，除掉做轮子、安管子、打铜、锉铁之外，没别的嗜好，烟不抽，茶也不常喝。因为生存在儿媳妇的孝心上，使他每每想着当时不该辞掉船坞的职务。假若再做过一年，他就可以得着一分长粮，最少也比吃儿媳妇的好。不过他并不十分懊悔，因为他辞工的时候正在那里大罢工的不久以前，爱国思想膨胀得到极高度，所以觉得到中国别处去等机会是很有意义的。他有很多造船工程的书籍，常常想把它们卖掉，可是没人要。他的太太早过世了，家里只有一个老佣妇来喜服事他。那老婆子也是他的妻子的随嫁婢，后来嫁出去，丈夫死了，无以为生，于是回来做工。她虽不受工资，在事实上是个管家，雷所用的钱都是从她手里要，这样相依为活已经过了二十多年了。

黄去了以后，来喜把饭端出来，与他一同吃。吃着，他对来喜说：“这两天风声很不好，穿履的也许要进来，我们得检点一下，万一变乱临头，也不至于手忙脚乱。”

来喜说："不说是没什么要紧了么？一般官眷都还没走，大概不至于有什么大乱吧。"

"官眷走动了没有，我们怎么会知道呢？告示与新闻所说的是绝对靠不住的，一般人是太过信任印刷品了。我告诉你吧，现在当局的，许多是无勇无谋、贪权好利的一流人物，不做石敬瑭献十六州，已经可以被人称为爱国了。你念摸鱼书和看残唐五代的戏，当然记得石敬瑭怎样献地给人。"

"是，记得。"来喜点头回答，"不过献了十六州，石敬瑭还是做了皇帝！"

老头子急了，他说："真的，你就不懂什么叫作历史！不用多说了，明天把东西归聚一下，等我写信给少奶奶，说我们也许得往广西走。"

吃过晚饭，他就从桌上把那潜艇的模型放在箱里，又忙着把别的小零件收拾起来。正在忙着的时候，来喜进来说："姑爷，少奶奶这个月的家用还没寄到，假如三两天之内要起程，恐怕盘缠会不够吧？"

"我们还剩多少？"

"不到五十元。"

"那够了。此地到梧州，用不到三十元。"

时间不容人预算，不到三天，河堤的马路上已经发现侵略者的战车了。市民全然像在梦中被惊醒，个个都来不及收拾东西，见了船就下去。火头到处起来，铁路上没人开车，弄得雷先生与来喜各抱着一点东西急急到河边胡乱跳进一只船，那船并不是往梧州去的，沿途上船的人们越来越多，走不到半天，船就沉下去了。好在水并不深，许多人都坐了小艇往岸上逃生，可是来喜再也不能浮上来了。她是由于空中的扫射丧的命或是做了龙宫的客人，都不得而知。

雷身边只剩十几元，辗转到了从前曾在那工作过的岛上。沿途种种的艰困，笔墨难以描写。他是一个性格刚硬的人，那岛市是多年没到过的，从前的工人朋友，就使找着了，也不见得能帮助他多少。不说梧州去不了，连客栈他都住不起。他只好随着一班难民在西市的一条街边打地铺。在他身边睡的是一个中年妇人带着两个孩子，也是从那刚沦陷的大城一同逃出来的。

在几天的时间，他已经和一个小饭摊的主人认识，就写信到马尼剌去告诉他儿媳妇他所遭遇的事情，叫她快想方法寄一笔钱来，由小饭摊转交。

他与旁边的那个中年妇人也成立了一种互助的行动。妇人因为行李比较多些，孩子又小，走动不但不方便，而且地盘随时有被人占据的可能，所以他们互相照顾，雷老头每天上街吃饭之后，必要给她带些吃的回来。她若去洗衣服，他就坐着看守东西。

一天，无意中在大街遇见黄，各人都诉了一番痛苦。

“现在你住在什么地方？”黄这样问他。

“我老实说，住在西市的街边。”

“那还了得！”

“有什么法子呢？”

“搬到我那里去吧。”

“大家同是难民，我不应当无缘无故地教你多担负。”

黄很诚恳地说：“多两个人也不会费得到什么地步，我跟着你去搬吧。”说着就要叫车。雷阻止他说：“多谢，多谢盛意。我现在人口众多，若都搬了去，于府上一定大大地不方便。”

“你不是只有一个佣人么？”

“我那来喜不见了，现在是另一个带着两孩子的妇人，是在路上遇见的。我们彼此互助，忍不得，把她安顿好就离开她。”

“那还不容易么？想法子把她送到难民营就是了。听说难民营的组织，现在正加紧进行着咧。”

他知道黄也不是很富裕的，大概是听见他睡在街边，不能不说一两句友谊的话。但是黄却很诚恳，非要他去住不可，连说：“不像话，不像话！年纪这么大，不说你媳妇知道了难过，就是朋友也过意不去。”

他一定不肯教黄到他的露天客栈去，只推到难民营组织好，把那妇人送进去之后再说，黄硬把他拉到一个小茶馆去，一说起他的发明，老头子就告诉他那潜艇模型已随着来喜丧失了。他身边只剩下一大卷蓝图和那一座铁鳃的模型，其余的东西都没有了。他逃难的时候，那蓝图和铁鳃的模型是归他拿，图是卷在小被褥里头，他两手只能拿两件东西。在路上还有人笑他逃难逃昏了，什么都不带，带了一个小木箱。

“最低限度，你把重要的物件先存在我那里吧。”黄说。

“不必了吧，住家孩子多，万一把那模型打破了，我永远也不能再做一个了。”

“那倒不至于。我为你把它锁在箱里，岂不就成了么？你老哥此后的行止，打算怎样呢？”

“我还是想到广西去，只等儿媳妇寄些路费来，快则一个月，最慢也不过两个月，总可以想法子从广州湾或别的比较安全的路去到吧。”

“我去把你那些重要东西带走吧。”黄还是催着他。

“你现在住什么地方？”

“我住在对面海的一个亲戚家里，我们回头一同去。”

雷听见他也是住在别人家里，就断然回答说：“那就不必了，我想把些少东西放在自己身边，也不至于很累赘，反正几个星期的时间，一切都会就绪的。”

“但是你总得领我去看看你住的地方，下次可以找你。”

雷被劝不过，只得同他出了茶馆，到西市来。他们经过那小饭摊，主人就嚷着：“雷先生，雷先生，信到了，信到了。我见你不在，教邮差带回去，他说明天再送来。”

雷听了几乎喜欢得跳起来，他对饭摊主人说了一声“多烦了”，回过脸来对黄说："我家儿媳妇寄钱来了，我想这难关总可以过得去了。"

黄也庆贺他几句，不觉到了他所住的街边。他对黄说："对不住，我的客厅就是你所站的地方，你现在知道了。此地不能久谈，请便吧。明天取钱之后，去拜望你，你的地址请开一个给我。"

黄只得从口袋里掏出一张名片，写上地址交给他，说声"明天在舍下恭候"就走了。

那晚上他好容易盼到天亮，第二天一早就到小饭摊去候着。果然邮差来到，取了他一张收据把信递给他。他拆开信一看，知道他儿媳妇给他汇了一笔到马尼剌的船费，还有办护照及其他需用的费用，都教他到汇通公司去取。他不愿到马尼剌去，不过总得先把需用的钱拿出来再说。到了汇通公司，管事的告诉他得先去照相办护照。他说，是他儿媳妇弄错了，他并不要到马尼剌去，要管事的把钱先交给他；管事的不答允，非要先打电报去问清楚不可。两方争持，弄得毫无结果，自然钱在人家手里，雷也无可如何，只得由他打电报去问。

从汇通公司出来，他就践约去找黄先生，把方才的事告诉他，黄也赞成他到马尼剌去。但他说，他的发明是他对国家的贡献，虽然目前大规模的潜艇用不着，将来总有一天要大量地应用；若不用来战斗，至少也可以促成海下航运的可能，使侵略者的封锁失掉效力。他好像以为建造的问题是第二步，只要当局采纳他的，在河里建造小型的潜航艇试试，若能成功，心愿就满足了。材料的来源，他好像也没深深地考虑过。他想，若是可能，在外国先定造一只普通的潜艇，回来再修改一下，安上他所发明的鳃、游目等等，就可以了。

黄知道他有点戆气，也不再去劝他。谈了一回，他就告辞走了。

过一两天，他又到汇通公司去，管事人把应付的钱交给他，说：马尼刺回电来说，随他的意思办。他说到内地不需要很多钱，只收了五百元，其余都教汇回去。出了公司，到中国旅行社去打听，知道明天就有到广州湾去的船。立刻又去告诉黄先生，两人同回到西市去检行李。在卷被褥的时候，他才发现他的蓝图，有许多被撕碎了。心里又气又惊，一问才知道那妇人好几天以来，就用那些纸来给孩子们擦脏。他赶紧打开一看，还好，最里面的那几张铁鳃的图样仍然好好的，只是外头几张比较不重要的总图被毁了。小木箱里的铁鳃模型还是完好，教他虽然不高兴，可也放心得过。

他对妇人说，他明天就要下船，因为许多事还要办，不得不把行李寄在客栈里，给她五十元，又介绍黄先生给她，说钱是给她做本钱，经营一点小买卖；若是办不了，可以请黄先生把她母子送到难民营去。妇人受了他的钱，直向他解释说，她以为那卷在被褥里的都是废纸，很对不住他。她感激到流泪，眼望着他同黄先生，带着那卷剩下的蓝图与那一小箱的模型走了。

黄同他下船，他劝黄切不可久安于逃难生活。他说越逃，灾难越发随在后头；若回转过去，站住了，什么都可以抵挡得住。他觉得从演习逃难到实行逃难的无价值，现在就要从预备救难进到临场救难的工作，希望不久，黄也可以去。

船离港之后，黄直盼着得到他到广西的消息。过了好些日子，他才从一个赤坎来的人听说，有个老头子搭上两期的船，到埠下船时，失手把一个小木箱掉下海里去，他急起来，也跳下去了。黄不觉滴了几行泪，想着那铁鱼的鳃，也许是不应当发明得太早，所以要潜在水底。

女儿心

一

武昌竖起革命的旗帜已经一个多月了。在广州城里的驻防旗人个个都心惊胆战，因为杀满洲人的谣言到处都可以听得见。这年的夏天，一个正要到任的将军又在离码头不远的地方被革命党炸死，所以在这满伏着革命党的城市，更显得人心惶惶。报章上传来的消息都是民军胜利，“反正”的省份一天多过一天。本城的官僚多半预备挂冠归田；有些还能很骄傲地说：“腰间三尺带是我殉国之具。”商人也在观望着，把财产都保了险或移到安全的地方——香港或澳门，听说一两日间民军便要进城，住在城里的旗人更吓得手足无措，他们真怕汉人屠杀他们。

在那些不幸的旗人中，有一个人，每天为他自己思维，却想不出一个避免目前的大难的方法。他本是北京一个世袭一等轻车都尉，隶属正红旗下，同时也曾中过举人；这时在镇粤将军衙门里办文书。他的身材很雄伟，若不是额下的大髯胡把他的年纪显出来，谁也看不出他是五十多岁的人，那时已近黄昏，堂上的灯还没点着，太太旁边坐着三个从十一岁到十五六岁的子女，彼此都现出很不安的状态。他也坐在一边，捋着胡子，沉静地看着他的家人。

“老爷，革命党一来，我们要往哪里逃呢？”太太破了沉寂，很诚恳问她的老爷。

“哼，往哪里逃？”他摇头说，“不逃，不逃，不能逃。逃出去无异自己去找死，我每年的俸银二百多两，合起衙门里的津贴和其他的入款也不过五六百两,除掉这所房子以外也就没有什么余款。这样省省地过日子还可以支持过去，若一逃走，纵然革命党认不出我们是旗人，侥幸可以免死，但有多少钱能够支持咱家这几口人呢？”

“这倒不必老爷挂虑，这二十几年来我私积下三万多块，我想咱们不如到海边去买几亩地，就做了乡下人也强过在这里担心。”

“太太的话真是所谓妇人女子之见。若是那么容易到乡下去落户，那就不用发愁了。你想我的身份能够撇开皇上不顾么？做奴才得为主子，做人臣得为君上。他们汉官可以革命，咱们可就不能，革命党要来，在我们的地位就得同他们开火；若不能打，也不能弃职而逃。”

“那么，老爷忠心为国一定是不逃了。万一革命党人马上杀到这里来，我们要怎办呢？”

“大丈夫可杀不可辱，我们自然不能受他们的凌辱。等时候到来，再相机行事吧。”他看着他三个孩子，不觉黯然叹了一声。

太太也叹一声，说：“我也是为这班小的发愁啊。他们都没成人，万一咱们两口子尽了节，他们……”她说不出来了，只不歇地用手帕去擦眼睛。

他问三个孩子说：“你们想怎么办呢？”一双闪烁的眼睛注视着他们。

两个大孩子都回答说：“跟爹妈一块儿死吧。”那十一岁的女儿麟趾好像不懂他们商量的都是什么，一声也不响，托着腮只顾想她自己的。

“姑娘，怎么今儿不响啦？你往常的话儿是最多的。”她父亲这样问她。

她哭起来了，可是一句话也没有。

太太说：“她小小年纪，懂得什么，别问她啦。”她叫：“姑娘到我跟前来吧。”趾儿抽噎着走到跟前，依着母亲的膝下。母亲为她捋捋鬓额，给她擦掉眼泪。

他捋着胡子，像理会孩子的哭已经告诉了她的意思，不由得得意地说：“我说小姑娘是很聪明的，她有她的主意。”随即站起来又说：“我先到将军衙门去，看看下午有什么消息，一会儿就回来。”他整一整衣服，就出门去了。

风声越来越紧，到城里竖起革命旗的那天，果然秩序大乱，逃的逃，躲的躲，抢的抢，该死的死。那位腰间带着三尺殉国之具的大吏也把行李收束得紧紧地，领着家小回到本乡去了。街上“杀尽满洲人”的声音，也摸不清是真的，还是市民高兴起来一时发出这得意的话。这里一家把大门严严地关起来，不管外头闹得多么凶，只安静地在堂上排起香案,两夫妇在正午时分穿起朝服向北叩了头，表告了满洲诸帝之灵，才退入内堂，把公服换下来。他想着他不能领兵出去和革命军对仗，已经辜负朝廷豢养之恩，所以把他的官爵职位自己贬了，要用世奴资格报效这最后一次的忠诚。他斟了一杯醇酒递给太太说：“太太请喝这一杯吧。”他自己也喝，两个男孩也喝了，趾儿只喝了一点。在前两天，太太把佣仆都打发回家，所以屋里没有不相干的人。

两小时就在这醇酒应酬中度过去。他并没醉，太太和三个孩子已躺在床上睡着了。他出了房门，到书房去，从墙上取下一把宝剑，捧到香案前，叩了头，再回到屋里，先把太太杀死，再杀两个孩子。一连杀了三个人，满屋里的血腥、酒味把他刺激得像疯人一样。看见他养的一只狗正在门边伏着，便顺手也给它一剑，跑到厨房去把一只猫和几只鸡也杀了。他挥剑砍猫的时候，无意中把在灶边灶君龛外那盏点着的神灯挥到劈柴堆上去，但他一点也不理会。正出了厨房门口，马圈里的马嘶了一声，他于是又赶过去照马头一砍。马不晓得这是它尽节的时候，连踢带跳，用尽力量来躲开他的剑。他一手揪住络头的绳子，一手尽管望马头上乱砍，至终把它砍倒。

回到上房，他的神情已经昏迷了，扶着剑，瞪眼看着地上的血迹。他发现麟趾不在屋里，刚才并没杀她，于是提起剑来，满屋里找。他怕她藏起来，但在屋里无论怎样找，看看床的，开开柜门，都找不着。院里有一口井，井边正留着一只麟趾的鞋。这个引他到井边来。他扶着井栏，探头望下去；从他两肩透下去的光线，使他觉得井底有衣服浮现的影儿，其实也看不清楚。他对着井底说："好，小姑娘，你到底是个聪明孩子，有主意！"他从地上把那只鞋捡起来，也扔在井里。

他自己问："都完了，还有谁呢？"他忽然想起在衙门里还有一匹马，它也得尽节。于是忙把宝剑提起，开了后园的门，一直望着衙门的马圈里去。从后园门出去是一条偏僻的小街，常时并没有什么人往来，那小街口有一座常关着大门的佛寺。他走过去时，恰巧老和尚从街上回来，站在寺门外等开门，一见他满身血迹，右手提剑，左手上还在滴血，便抢前几步拦住他说："太爷，您怎么啦？"他见有人拦住，眼睛也看不清，举起剑来照着和尚头便要砍下去。老和尚眼快，早已闪了身子，等他砍了空，再夺他的剑。他已没气力了，看着老和尚一言不发。门开了，老和尚先扶他进去，把剑靠韦陀香案边放着，然后再扶他到自己屋里，给他解衣服；又忙着把他自己的大衲给他披上，并且为他裹手上的伤，他渐次清醒过来，觉得左手非常的痛，才记起方才砍马的时候，自己的手碰着了刃口。他把老和尚给他裹的布条解开看时，才发现了两个指头已经没了，这一个感觉更使他格外痛楚。屠人虽然每日屠猪杀羊，但是一见自己的血，心也会软，不说他趁着一时的义气演出这出惨剧，自然是受不了。痛是本能上保护生命的警告，去了指头的痛楚已经使他难堪，何况自杀！但他的意志，还是很刚强，非自杀不可。老和尚与他本来很有交情，这次用很多话来劝慰他，说城里并没有屠杀旗人的事情；偶然街上有人这样嚷，也不过是无意识的话罢了。他听着和尚的劝解，心情渐渐又活过来。正在相对着没有话说的时候，外边嚷着起火，哨声、锣声，一齐送到他们耳边。老和尚说："您请躺下歇歇吧，待老衲出去看看。"

他开了寺门，只见东头乌太爷的房子着了火。他不声张，把乌太爷扶到床上躺下，看他渐次昏睡过去，然后把寺门反扣着，走到乌家门前，只见一簇人丁赶着在那里拆房子。水龙虽有一架，又不够用。幸而过了半小时，很多人合力已把那几间房子拆下来，火才熄了。

和尚回来，见乌太爷还是紧紧地扎着他的手，歪着身子，在那里睡，没惊动他。他把方才放在韦陀龛那把剑收起来，才到禅房打坐去。

二

在辛亥革命的时候，像这样全家为那权贵政府所拥戴的孺子死节的实在不多。当时麟趾的年纪还小，无论什么都怕，死自然是最可怕的一件事。他父亲要把全家杀死的那一天，她并没喝多少酒，但也得装睡，她早就想定了一个逃死的方法，总没机会去试。父亲看见一家人都醉倒了，到外边书房去取剑的时候，她便急忙地爬起来，跑出院子。因为跑得快，恰巧把一只鞋子跻掉了。她赶快退回几步，要再穿上，不提防把鞋子一踢，就撞到那井栏旁边。她顾不得去捡鞋，从院子直跑到后园。后园有一棵她常爬上去玩的大榕树，但是家里的人都不晓得她会上树。上榕树本来很容易，她家那棵，尤其容易上去。她到树下，急急把身子耸上去，蹲在那分出四五杈的树干上。平时她蹲在上头，底下的人无论从哪一方面都看不见。那时她只顾躲死，并没计较往后怎样过。蹲在那里有一刻钟左右，忽然听见父亲叫她，他自然不晓得麟趾在树上。她也不答应，越发蹲伏着，容那浓绿的密叶把她掩藏起来。不久她又听见父亲的脚步像开了后门出去的样子。她正在想着，忽然从厨房起了火。厨房离那榕树很远，所以人们在那里拆房子救火的时候，她也没下来。天已经黑了，那晚上正是十五，月很明亮，在树上蹲了几点钟，倒也不理会。可是树上不晓得歇着什么鸟，不久就叫一声，把她全身的毛发都吓竖了。身体本来有点冷，加上夜风带那种可怕的鸟声送到她耳边，就不由得直打哆嗦。她不能再藏在树上，决意下来看看。然而怎么也起不来，从腿以下，简直麻痹得像长在树上一样。好容易慢慢地把腿伸直了，一面哆嗦着下了树，摸到园门，原来她的卧房就靠近园门。那一下午的火，只烧了厨房，她母亲的卧房、大厅和书房，至于前头的轿厅和后面她的卧房连着下房都还照旧。她从园门闪入她的卧房，正要上床睡觉时候，忽然听见有人说话的声音，心疑是鬼，赶紧把房门关起来。从窗户看见两个人拿着牛眼灯由轿厅那边到她这里来，心里越发害怕。好在屋里没灯，趁着外头的灯光还没有射进来，她便蹲在门后。那两人一面说着，出了园门，她才放心。原来他们是那条街的更夫，因为她家没人，街坊叫他们来守夜。他们到后园，大概是去看看后园通小街那道门关没关吧。不一会他们进来，又把园门关上。听他们的脚音，知道旁边那间下房，他们也进去看过，正想爬到床后去，他们已来推她的门，于是不敢动弹，还是蹲在门后。门推不开，他们从窗户用灯照了一下。她在门后听见其中一个人说："这间是锁着的，里头倒没有什么。"他们并不一定要进她的房间，那时她真像遇了赦一般，不晓得为什么缘故，当时只不愿意他们知道她在里头。等他们走远了，才起来，坐在小椅上，也不敢上床睡，只想着天明时待怎办。她决定要离开她的家，因为全家的人都死了，若还住在家里，有谁来养活她呢？虽然仿佛听见她父亲开了后园门出去，但以后他回来没有，她又不理会，她想他一定是自杀了。前天晚上，当她父亲问过她的话，上了衙门以后，她私下问过母亲："若是大家都死了，将来要在什么地方相见呢？"她母亲叹了一口气说："孩子，若都是好人，我们就会在神仙的地方相见，我们都要成仙哪。"常听见她母亲说城外有个什么山，山名她可忘记了，那里常有神仙出来度人。她想着不如去找神仙吧，找到神仙就能与她一家人相见了。她想着要去找神仙的事，使她心胆立时健壮起来，自己一人在黑屋里也不害怕，但盼着天快亮，她好进行。

鸡已啼过好几次，星星也次第地隐没了。初醒的云渐渐现出灰白色，一片一片像鱼鳞摆在天上。于是她轻轻地开了房门，出到院子来，她想就这样走么，不，最少也得带一两件衣服。于是回到屋里，打开箱子，拿出几件衣服和梳篦等物，包成一个小包，再出房门。藏钱的地方她本知道，本要去拿些带在身边，只因那里的房顶已经拆掉了，冒着险进去，虽然没有妨碍，不过那两人还在轿厅睡着，万一醒来，又免不了有麻烦，再者，设使遇见神仙，也用不着钱。她本要到火场里去，又怕看见父母和二位哥哥的尸体，只远远地望着，作为拜别的意思。她的眼泪直流，又不敢放声哭；回过身去，轻轻开了园门，再反扣着。经过马圈，她看见那马躺在槽边，槽里和地上的血已经凝结，颜色也变了。她站在圈外，不住地掉泪。因为她很喜欢它，每常骑它到箭道去玩。那时天已大亮了，正在低着头看那死马的时候，眼光忽然触到一样东西，使她心伤和胆战起来。进前两步从马槽下捡起她父亲的一节小指头，她认得是父亲左手的小指头。因为他只留这个小指的指甲，有一寸多长，她每喜欢摸着它玩。当时她也不顾什么，赶紧取出一条手帕，紧紧把她父亲的小指头裹起来，揣在怀里。她开了后园的街门，也一样地反扣着。夹着小包袱，出了小街，便急急地向北门大街放步。幸亏一路上没人注意她，故得优游地出了城。

旧历十月半的郊外，虽不像夏天那么青翠，然而野草园蔬还是一样地绿。她在小路上，不晓得已经走了多远，只觉身体疲乏，不得已暂坐在路边一棵榕树根上小歇，坐定了才记得她自昨天午后到歇在道旁那时候一点东西也没入口！眼前固然没有东西可以买来充饥，纵然有，她也没钱。她隐约听见泉水激流的声音，就顺着找去，果然发现了一条小溪，那时一看见水，心里不晓得有多么快活，她就到水边一掬掬地喝。没东西吃，喝水好像也可以饱，她居然把疲乏减少了好些。于是夹着包袱又往前跑。她慢慢地走，用尽了诚意要会神仙，但看见路上的人，并没有一个像神仙，心里非常纳闷，因为走的路虽不多，太阳却渐渐地西斜了。前面露出几间茅屋，她虽然没曾向人求乞过，可知道一定可以问人要一点东西吃，或打听所要去的山在哪里。随着路径拐了一个弯，就看见一个老头子在她前面走。看他穿着一件很宽的长袍，扶着一支黄褐色的拐杖，须发都白了，心里暗想："这位莫不就是神仙么？"她于是抢前几步，恭恭敬敬地问："老伯父，请告诉我那座有神仙的山在什么地方？"他好像没听见她问的是什么话，她问了几遍，他总没回答，只问："你是迷了道的吧？"麟趾摇摇头。他问："不是迷道，这么晚，一个小姑娘夹着包袱，在这样的道上走，莫不是私逃的小丫头？"她又摇摇头。她看他打扮得像学塾里的老师一样，心里想着他也许是个先生。于是从地下捡起一块有棱的石头，就路边一棵树干上画了"我欲求仙去"几个字。他从胸前的绿鲨皮眼镜匣里取出一副直径约有一寸五分的水晶镜子架在鼻上。看她所写的，便笑着对她说："哦，原来是求仙的！你大概因为写的是‘王子去求仙，丹成上九天’的仿格，想着古人有这回事，所以也要仿效仿效。但现在天已渐渐晚了，不如先到我家歇歇，再往前走吧。”她本想不跟他去，只因问他的话也不能得着满意的指示，加以肚子实饿了，身体也乏了，若不答应，前路茫茫，也不是个去处，就点头依了他，跟着他走。

走不远，踱过一道小桥，来到茅舍的篱边。初冬的篱笆上还挂些未残的豆花。晚烟好像一匹无尽长的白链，从远地穿林织树一直来到篱笆与茅屋的顶巅。老头子也不叫门，只伸手到篱门里把闩拨开了。一只戴着金铃的小黄狗抢出来，吠了一两声，又到她跟前来闻她。她退后两步，老头子把它轰开，然后携着她进门。屋边一架瓜棚，黄萎的南瓜藤还凌乱地在上头绕着。鸡已经站在棚上预备安息了。这些都是她没见过的，心里想大概这就是仙家吧。刚踏上小台阶，便有一个二十多岁的姑娘出来迎着，她用手作势，好像问“这位小姑娘是谁呀”，他笑着回答说：“她是求仙迷了路途的。”回过头来，把她介绍给她，说：“这是我的孙女，名叫宜姑。”

他们三个人进了茅屋，各自坐下。屋里边有一张红漆小书桌，老头子把他的孙女叫到身边，叫她细细问麟趾的来历。她不敢把所有的真情说出来，恐怕他们一知道她是旗人或者就于她不利。她只说：“我的父母和哥哥前两天都相继过去了。剩下我一个人，没人收养，所以要求仙去。”她把那令人伤心的事情瞒着，孙女把她的话用他们彼此通晓的方法表示给老头子知道。老头子觉得她很可怜，对她说，他活了那样大年纪也没有见过神仙，求也不一定求得着，不如暂时住下，再定夺前程，他们知道她一天没吃饭，宜姑就赶紧下厨房，给她预备吃的。晚饭端出来，虽然是红薯粥和些小酱菜，她可吃得津津有味。回想起来，就是不饿，也觉得甘美。饭后，宜姑领她到卧房去。一夜的话把她的意思说转了一大半。

三

麟趾住在这不知姓名的老头子的家已经好几个月了。老人曾把附近那座白云山的故事告诉过她。她只想着去看安期生升仙的故迹，心里也带着一个遇仙的希望。正值村外木棉盛开的时候，十丈高树，枝枝着花，在黄昏时候看来直像一座万盏灯台，灿烂无比。闽、粤的树花再没有比木棉更壮丽的，太阳刚升到与绿禾一样高的天涯，麟趾和宜姑同在树下捡落花来做玩物，谈话之间，忽然动了游白云山的念头。从那村到白云山也不过是几里路，所以她们没有告诉老头子，到厨房里吃了些东西，还带了些薯干，便到山里玩去。天还很早，榕树上的白鹭飞去打早食还没归巢，黄鹂却已唱过好几段婉转的曲儿，在田间和林间的人们也唱起歌了。到处所听的不是山歌，便是秧歌。她们两个有时为追粉蝶，误入那篱上缠着野蔷薇的人家；有时为捉小鱼涉入小溪，溅湿了衣袖。一路上嘻嘻嚷嚷，已经来到山里。微风吹拂山径旁的古松，发出那微妙的细响。着在枝上的多半是嫩绿的松球，衬着山坡上的小草花和正长着的薇蕨，真是绮丽无匹。

她们坐在石上休息，宜姑忽问：“你真信有神仙么？”

麟趾手里撩着一枝野花，漫应说：“我怎么不信！我母亲曾告诉我有神仙，她的话我都信。”

“我可没见过，我祖父老说没有，他所说的话，我都信。他既说没有，那定是没有了。”

“我母亲说有，那定是有，怕你祖父没见过吧。我母亲说，好人都会成仙，并且可以和亲人相见哪，仙人还会下到凡间救度他的亲人，你听过这话么？”

“我没听见过。”

说着他们又起行，游过了郑仙岩，又到菖蒲涧去，在山泉流处歇了脚。下游的石上，那不知名的山禽在那里洗午澡，从乱云堆积处，露出来的阳光指示她们快到未时了，麟趾一意要看看神仙是什么样子，她还有登摩星岭的勇气。她们走过几个山头，不觉把路途迷乱了。越走越不是路，她们巴不得立刻下山，寻着原路回到村里。

出山的路被她们找着了，可不是原来的路径，夕阳当前，天涯的白云已渐渐地变成红霞。正在低头走着，前面来了十几个背枪的大人物，宜姑心里高兴，等他们走近跟前，便问其中的人燕塘的大路在哪一边。那班人听说她们所问的话，知道是两只迷途的羊羔，便说他们也要到燕塘去。宜姑的村落正离燕塘不远，所以跟着他们走。

原来她们以为那班强盗是神仙的使者，安心随着他们走。走了许久，二人被领到一个破窑里，那里有一个人看守着她们，那班人又匆忙地走了。麟趾被日间游山所受的快活迷住，没想到也没经历过在那山明水秀的仙乡会遇见这班混世魔王。到被囚起来的时候，才理会她们前途的危险。她同宜姑苦口求那人怜恤她们，放她们走。但那人说若放了她们，他的命也就没了。宜姑虽然大些，但到那时，也恐吓得说不出话来。麟趾到底是个聪明而肯牺牲的孩子，她对那人说："我家祖父年纪大了，必得有人伺候他，若把我们两人都留在这里，恐怕他也活不成。求你把大姐放回去吧，我宁愿在这里跟着你们。"那人毫无恻隐之心，任她们怎样哀求，终不发一言，到他觉得麻烦的时候，还喝她们说："不要瞎吵！"

丑时已经过去，破窑里的油灯虽还闪着豆大的火花，但是灯心头已结着很大的灯花，不时迸出火星和发出毕剥的响，油盏里的油快要完了。过些时候，就听见人马的声音越来越近，那人说："他们回来了。"他在窑门边把着，不一会，大队强盗进来，卸了赃物，还掳来三个十几岁的女学生。

在破窑里住了几天，那些贼人要她们各人写信回家拿钱来赎，各人都一一照办了，最后问到麟趾和宜姑，麟趾看那人的容貌很像她大哥，但好几次问他叫他，他都不大理会，只对着她冷笑。虽然如此，她仍是信他是大哥，不过仙人不轻易和凡人认亲罢了。她还想着，他们把她带到那里也许是为教她们也成仙。宜姑比较懂事，说她们是孤女，只有一个耳聋的老祖父，求他们放她们两人回去。他们不肯，说："只有白拿，不能白放。"他们把赃物检点一下，头目叫两个伙计把那几个女学生的家书送到邮局去，便领着大队同几个女子，趁着天还未亮出了破窑，向着山中的小径前进。不晓得走了多少路程，又来到一个寨。群贼把那五个女子安置在一间小屋里。过了几天，那三个女学生都被带走，也许是她们的家人花了钱，也许是被移到别处去。他们也去打听过宜姑和麟趾的家境，知道那聋老头花不起钱来赎，便计议把她们卖掉。

宜姑和麟趾在荒寨里为他们服务，他们都很喜欢。在不知不觉中又过了几个星期。一天下午他们都喜形于色回到荒寨，两个姑娘忙着预备晚饭。端菜出来，众人都注目看着她们。头目对大姑娘说："我们以后不再干这生活了，明天大家便要到惠州去投入民军。我们把你配给廖兄弟。"他说着，指着一个面目长得十分俊秀、年纪在二十六七左右的男子，又往下说："他叫廖成，是个白净孩子，想一定中你的意思。"他又对麟趾说："小姑娘年纪太小，没人要，黑牛要你做女儿，明天你就跟着他过，他明天以后便是排长了。"他努着嘴向黑牛指示麟趾，黑牛年纪四十左右，满脸横肉，看来像很凶残。当时两个女孩都哭了，众人都安慰她们。头目说："廖兄弟的喜事明天就要办的，各人得早起，下山去搬些吃的，大家热闹一回。"

他们围坐着谈天，两个女孩在厨房收拾食具，小姑娘神气很镇定，低声问宜姑说："怎办？"宜姑说："我没主意，你呢？"

"我不愿意跟那黑鬼，我一看他，怪害怕的，我们逃吧。"

"不成，逃不了！"宜姑摇头说。

"你愿意跟那强盗？"

"不，我没主意。"

她们在厨房没想出什么办法，回到屋里，一同躺在稻草褥上，还继续地想。麟趾打定主意要逃，宜姑至终也赞成她，她们知道明天一早趁他们下山的时候再寻机会。

一夜的幽暗又叫朝云抹掉，果然外头的兄弟们一个个下山去预备喜筵。麟趾扯着宜姑说："这是时候，该走了。"她们带着一点吃的，匆匆出了小寨。走不多远，宜姑住了步，对麟趾说："不成，我们这一走，他们回寨见没有人，一定会到处追寻，万一被他们再抓回去，可就没命了。"麟趾没说什么，可也不愿意回去。宜姑至终说："还是你先走吧，我回去张罗他们，他们问你的时候，我便说你到山里捡柴去。你先回到我公公那里去报信也好。"她们商量妥当，麟趾便从一条那班兄弟们不走的小道下山去。宜姑到看不见她，才掩泪回到寨里。

小姑娘虽然学会昼伏夜行的方法，但在乱山中，夜行更是不便，加以不认得道路，遇险的机会很多，走过一夜，第二夜便不敢走了。她在早晨行人稀少的时候，遇见妇人女子才敢问道，遇见男子便藏起来。但她常走错了道，七天的粮已经快完了，那晚上她在小山岗上一座破庙歇脚。霎时间，黑云密布，大雨急来，随着电闪雷鸣。破庙边一棵枯树教雷劈开，雷音把麟趾的耳鼓几乎震破，电光闪得更是可怕。她想那破庙一定会塌下来把她压死，只是蹲在香案底下打哆嗦。好容易听见雨声渐细，雷也不响，她不敢在那里逗留，便从案下爬出来。那时雨已止住了，天际仍不时地透露着闪电的白光，使蜿蜒的山路，隐约可辨。她走出庙门，待要往前，却怕迷了路途，站着尽管出神。约有一个时辰，东方渐明，鸟声也次第送到她耳边，她想着该是走的时候，背着小包袱便离开那座破庙。一路上没遇见什么人，朝雾断续地把去处遮拦着，不晓得从什么地方来的泉声到处都听得见。正走着，前面忽然来了一队人，她是个惊弓之鸟，一看见便急急向路边的小丛林钻进去。哪里提防到那刚被大雨洗刷过的山林湿滑难行，她没力量攀住些草木，一任双脚溜滑下去，直到山麓。她的手足都擦破了，腰也酸了，再也不能走。疲乏和伤痛使她不能不躺在树林里一块铺着朝阳的平石上昏睡。她腿上的血，殷殷地流到石上，她一点也不理会。

林外，向北便是越过梅岭的大道，往来的行旅很多。不知经过几个时辰，麟趾才在沉睡中觉得有人把她抱起来，睁眼一看，才知道被抱到一群男女当中。那班男女是走江湖卖艺的，一队是属于卖武耍把戏的黄胜，一队是属耍猴的杜强。麟趾是那耍猴的抱起来的，那卖武的黄胜取了些万应的江湖秘药来，敷她的伤口。他问她的来历，知道她是迷途的孤女，便打定主意要留她当一名艺员，耍猴用不着女子，黄胜便私下向杜强要麟趾。杜强一时任侠，也就应许了。他只声明将来若是出嫁得的财礼可以分些给他。

他们骗麟趾说他们是要到广州去，其实他们的去向无定，什么时候得到广州，都不能说。麟趾信以为真，便请求跟着他们去。那男人腾出一个竹箩，教她坐在当中，他的妻子把她挑起来。后面跟着的那个人也挑着一担行头，在他肩膀上坐着一只猕猴。他戴的那顶宽缘镶云纹的草笠上开了一个小圆洞，猕猴的头可以从那里伸出来。那人后面还跟着一个女子，牵着一只绵羊和两只狗，绵羊驮着两个包袱，最后便是扛刀枪的，麟趾与那一队人在斜阳底下向着满被野云堆着的山径前进，一霎时便不见了。

四

自从麟趾被骗以后，三四年间，就跟着那队人在江湖上往来。她去求神仙的勇气虽未消灭，而幼年的幻梦却渐次清醒。几年来除掉看一点浅近的白话报以外，她一点书也没有念，所认得的字仍是在家的时候学的，深字甚至忘掉许多。她学会些江湖伎俩，如半截美人、高跃、踏索、过天桥等等，无一不精，因此被全班的人看为台柱子，班主黄胜待她很好，常怕她不如意，另外给她好饮食。她同他们混惯了，也不觉得自己举动下流。所不改的是她总没有舍弃掉终有一天全家能够聚在一起的念头。神仙会化成人到处游行的话是她常听说的，几年来，她安心跟着黄胜走江湖，每次卖艺总是目光灼灼注视着围观的人们，人们以她为风骚，她却在认人。多少次误认了面貌与她父亲或家人相仿佛的观众。但她仍是希望着，注意着，没有一时不思念着。

他们真个回到离广州不远的一个城，住在真武庙倾破的后殿。早饭已经吃过，正预备下午的生意。黄胜坐在台阶上抽烟等着麟趾，因为她到街上买零碎东西还没回来。

从庙门外蓦然进来一个人，到黄胜跟前说："胜哥，一年多没见了！"老杜摇摇头，随即坐在台阶上说："真不济，去年那头绵羊死掉，小山就闷病了。它每出场不但不如从前活泼，而且不听话，我气起来，打了它一顿。那畜生可也奇怪，几天不吃东西，也死了。从它死后，我一点买卖也没做，指望赢些钱再买一只羊和一只猴，可是每赌必输，至终把行头都押出去了，现在来专意问大哥借一点。"

黄胜说："我的生意也不很好，哪里有钱借给你使。"

老杜是打定主意的，他所要求非得不可。他说："若是没钱，就把人还我。"他的意思是指麟趾。

老黄急了，紧握着手，回答他说："你说什么？哪个人是你的？"

"那女孩子是我捡的，自然属于我。"

"你要，当时为何不说？那时候你说要猴用不着她；多一个人养不起，便把她让给我。现在我已养了好几年，教会她各样玩意，你来要回去，天下没有这个道理。”

“看来你是不愿意还我了。”

“说不上还不还，难道我这几年的心血和钱财能白费了么？我不是说以后得的财礼分给你么？”

“好，我拿钱来赎成不成？”老杜自然等不得，便这样说。

“你！拿钱来赎？你有钱还是买一只羊、一只猴耍耍去吧，麟趾，怕你赎不起。”老黄舍不得放弃麟趾，并且看不起老杜，想着他没有赎她的资格。

“你要多少呢？”

“五百，”老黄说了，又反悔说，“不，不，我不能让你赎去，她不是你的人，你再别废话了。”

“你不让我赎，不成。多会我有五百元，多会我就来赎。”老杜没得老黄的同意，不告辞便出庙门去了。

自此以后，老杜常来跟老黄捣麻烦，但麟趾一点也不知道是为她的事，她也没去问。老黄怕以后更麻烦，心里倒想先把她嫁掉，省得老杜屡次来胡缠，但他总也没有把这意思给麟趾说，他也不怕什么，因为他想老杜手里一点文据都没有，打官司还可以占便宜。他暗地里托媒给麟趾找主，人约他在城隍庙戏台下相看，那地方是老黄每常卖艺的所在。相看的人是个当地土豪的儿子，人家叫他做郭太子。这消息给老杜知道，到庙里与老黄理论，两句不合，便动了武。幸而麟趾从外头进来，便和班里的人把他们劝开；不然，会闹出人命也不一定，老杜骂到没劲，也就走了。

麟趾问黄胜到底是怎么回事。老黄没敢把实在的情形告诉她，只说老杜老是来要钱使，一不给他，他便骂人。他对麟趾说："因他知道我们将有一个阔堂会，非借几个钱去使使不可。可是我不晓得这一宗买卖做得成做不成，明天下午约定在庙里先要着看，若是合意，人家才肯下定哪。你想我怎能事前借给他钱使！"

麟趾听了，不很高兴，说："又是什么堂会！"

老黄说："堂会不好么？我们可以多得些赏钱，姑娘不喜欢么？"

"我不喜欢堂会，因为看的人少。"

"人多人少有什么相干，钱多就成了。"

"我要人多，不必钱多。"

"姑娘，那是怎讲呢？"

"我希望在人海中能够找着我的亲人。"

黄胜笑了，他说："姑娘！你要找亲人，我倒想给你找亲哪，除非你出阁，今生莫想有什么亲人，你连自己的姓都忘掉了！哈哈！"

"我何尝忘掉？不过我不告诉人罢了，我的亲人我认得，这几年跟着你到处走，你当我真是为卖艺么？你带我到天边海角，假如有遇见我的亲人的一天，我就不跟你了。"

"这我倒放心，你永远是遇不着的。前次在东莞你见的那个人，便说是你哥哥，愣要我去把他找来。见面谈了几句话，你又说不对了！今年年头在增城，又错认了爸爸！你记得么？哈哈！我看你把心事放开吧。人海茫茫，哪个是你的亲人？倒不如过些日子，等我给你找个好主，若生下一男半女，我保管你享用无尽。那时，我，你的师父，可也叨叨光呀。”

“师父别说废话，我不爱听。你不信我有亲人，我偏要找出来给你看。”麟趾说时像有了气。

“那么，你的亲人却是谁呢？”

“是神仙。”麟趾大声地说。

老黄最怕她不高兴，赶紧转帆说：“我逗你玩哪，你别当真，我们还是说些正经的吧，明天下午无论如何，我们得多卖些力气。我身边还有十几块钱，现在就去给你添些头面。我一会儿就回来。”他笑着拍麟趾的肩膀，便自出去了。

第二天下午，老黄领着一班艺员到艺场去，郭太子早已在人圈中占了一条板凳坐下。麟趾装饰起来，招得围观的人越多，一套一套的把戏都演完，轮到麟趾的踏索，那是她的拿手技术。老黄那天便把绳子放长，两端的铁钎都插在人圈外头。她一面走，一面演各种把式。正走到当中，啊，绳子忽然断了！麟趾从一丈多高的空间摔下来。老黄不顾救护她，只嚷说：“这是老杜干的。”连骂带咒，跳出人圈外到绳折的地方。观众以为麟趾摔死了，怕打官司时被传去做证人，一哄而散。有些人回身注视老黄，见他追着一个人往人丛中跑，便跟过去趁热闹。不一会，全场都空了。老黄追那人不着，气喘喘地跑回来，只见那两个伙计在那里收拾行头。行头被众人践踏，破坏了不少；刀枪也丢了好几把；麟趾也不见了。伙计说人乱的时候他们各人都紧伏在两箱行头上头，没看见麟趾爬起来，到人散后，就不见她躺在地上。老黄无奈，只得收拾行头，心里想这定是老杜设计把麟趾抢走，回到庙里再去找他计较，艺场中几张残破的板凳也都堆在一边。老鸦从屋脊飞下来啄地上残余的食物，树花重复发些清气，因为满身汗臭的人们都不见了。

黄胜找了老杜好几天都没下落，到郭太子门上诉说了一番。郭太子反说他是设局骗他的定钱，非把他押起来不可。老黄苦苦哀求才脱了险。他出了郭家大门，垂头走着，拐了几个弯，蓦地里与老杜在巷尾一个犄角上撞个满怀。“好，冤家路窄！”黄胜不由分说便伸出右手把老杜揪住。两只眼睛瞪得直像冒出电来，气也粗了。老杜一手揸住老黄的右手，冷不防给他一拳。老黄哪里肯让，一脚便踢过去，指着他说：“你把人藏在哪里？快说出来，不然，看老子今天结束了你。”老杜退到墙犄角上，扎好马步，两拳瞄准老黄的脑袋说：“呸！你问我要人！我正要问你呢。你同郭太子设局，把所得的钱半个也不分给我，反来问我要人。”说着，往前一跳，两拳便飞过来，老黄闪得快没被打着。巷口看热闹的人越围越多，巡警也来了。他们不愿意到派出所去，敷衍了巡警几句话，便教众人拥着出了巷口。

老杜跟着老黄，又走过了几条街。

老黄说：“若是好汉，便跟我回家分说。”

“怕你什么？去就去！”老杜坚决地说。

老黄见他横得很，心里倒有点疑惑。他问：“方才你说我串通郭太子，不分给你钱，是从哪里听来的狗谣言？”

“你还在我面前装呆！那天在场上看把戏的大半是郭家的手脚，你还瞒谁？”

“我若知道这事，便教我男盗女娼。那天郭太子约定来看人是不错，不过我已应许你，所得多少总要分给你，你为什么又到场上捣乱？”

老杜瞪眼看着他，说：“这就是胡说！我捣什么乱？你们说了多少价钱我一点也不知道，那天我也不在那里，后来在道上就见郭家的人们拥着一顶轿子过去，一打听，才知道是从庙里扛来的。”

老黄住了步，回过头来，诧异地说：“郭太子！方才我到他那里，几乎教他给押起来。你说的话有什么凭据？”

“自然有不少凭据。那天是谁把绳子故意拉断的？”老杜问。

“你！”

“我！我告诉你，我那天不在场，一定是你故意做成那样局面，好教郭太子把人抢走。”

老黄沉吟了一会，说：“这我可明白了。好兄弟，我们可别打了，这事一定是郭家的人干的。”他把方才郭家的人如何蛮横，为老杜说过一遍。两个人彼此埋怨，可也没奈他何，回到真武庙，大家商量怎样打听麟趾的下落。他们当然不敢打官司，也不敢闯进郭府里去要人，万一不对，可了不得。

老杜和黄胜两人对坐着。你看我，我看你，一言不发，各自急抽着烟卷。

五

郭家的人们都忙着检点东西，因为地方不靖，从别处开来的军队进城时难免一场抢掠。那是一所五进的大房子，西边还有一个大花园，各屋里的陈设除椅、桌以外，其余的都已装好，运到花园后面的石库里，花园里还留下一所房子没有收拾。因为郭太子新娶的新奶奶忌讳多，非过百日不许人搬动她屋子里的东西。

窗外种着一丛碧绿的芭蕉，连着一座假山直通后街的墙头。屋里一张紫檀嵌牙的大床，印度纱帐悬着，云石椅、桌陈设在南窗底下，瓷瓶里插的一簇鲜花香气四溢。墙上挂的字画都没有取下来，一个康熙时代的大自鸣钟的摆子在静悄悄的空间里作响，链子末端的金葫芦动也不动一下。在窗棂下的贵妃床上坐着从前在城隍庙卖艺的女郎，她的眼睛向窗外注视，像要把无限的心事都寄给轻风吹动的蕉叶。

芭蕉外，轻微的脚音渐次送到窗前。一个三十左右的男子，到阶下站着，头也没抬起来，便叫：“大官，大官在屋里么？”

里面那女郎回答说：“大官出城去了，有什么事？”

那人抬头看见窗里的女郎，连忙问说：“这位便是新奶奶么？”

麟趾注目一看，不由得怔了一会，“你很面善，像在哪里见过的。”她的声音很低，五尺以外几乎听不见。

那人看着她，也像在什么地方会过似的，但他一时也记不起来，至终还是她想起来。她说：“你不是姓廖么？”

“不错呀，我姓廖。”

“那就对了，你现在在这一家干的什么事？”

“我一向在广州同大官做生意，一年之中也不过来一两次，奶奶怎么认得我？”

“你不是前几年娶了一个人家叫她做宜姑的做老婆么？”

那人注目看她，听到她说起宜姑，猛然回答说：“哦，我记起来了！你便是当日的麟趾小姑娘！小姑娘，你怎么会落在他手里？”

“你先告诉我宜姑现在好么？”

“她么？我许久没见她了。自从你走后，兄弟们便把宜姑配给黑牛，黑牛现在名叫黑仰白，几年来当过一阵要塞司令，宜姑跟着他养下两个儿子。这几天，听说总部要派他到上海去活动，也许她会跟着去吧。我自那年入军队不久，过不了纪律的生活，就退了伍。人家把我荐到郭大官的烟土栈当掌柜，我一直便做了这么些年。”

麟趾问：“省城也能公卖烟土么？”

“当然是私下买卖，军队里我有熟人容易做，所以这几年来很剩些钱。”

“黑牛和他的弟兄们帮你贩烟土，是不是？”

“不，黑司令现在很正派，我同他的交情没有从前那么深了。我有许多朋友在别的军队里，他们时常帮助我。”

“我很想去见见宜姑，你能领我去么？”

“她不久便要到上海去，你就是到广州，也不一定能看见她。”

“今晚就走，怎样？”

“那可不成，城里恐怕不到初更就要出乱子，我方才就是来对大官说，叫他快把大门、偏门、后门都锁起来，恐怕人进来抢。”

“他说出城迎接军队去了，不晓得什么时候能回来。或者现在就领我去吧。”

“耳目众多，不成，不成。再说要走，也不能同我走，教大官知道，会说我拐骗你……我说你是要一走不回头呢？还是只要见一见宜姑便回来？”

“我一点也不喜欢他，那天我在城隍庙踏索子掉下来，昏过去，醒来便躺在这屋里的床上。好在身上没有什么伤，只是脚跟和手擦破，养了十几天便好了。他强我嫁给他，口里答应给我十万银做保证金，说若是他再娶奶奶，听我把十万银带走，单独过日子。我问他给了多少给黄胜，他说不用给，他没奈何他。自从我离开山寨以后，就给黄胜抢去学走江湖，几年来走了好几省地方，至终在这里给他算上了。我常想着他那样的人，连一个钱也不给黄胜，将来万一他负了心，他也照样可以把十万银子抢回去；现在钱虽然在我的名字底下存着，我可不敢相信是属于我的，我还是愿意走得远远地。他不是一个好人，跟着他至终不会有好结果，你说是不是？”

廖成注视她的脸，听着她说，他对于郭大官掳人的事早有所闻，却不知便是麟趾。他好像对于麟趾所说的没有多少可诧异的，只说：“是，他并不是个好人，但是现在的世界，哪个是好人！好人有人捧，坏人也有人捧，为坏人死的也算忠臣，我想等宜姑从上海回来，我再通知你去会她吧。”

“不，我一定要走。你若不领我去，请给我一个地址，我自己想方法。”

廖成把宜姑的地址告诉她，还劝她切要过了这个乱子才去，麟趾嘱咐他不要教郭太子知道。她说：“你走吧，一会怕有人来，我那丫头都到前院帮助收拾东西去了，你出去，请给我叫一个人进来。”

他一面走着，一面说：“我看还是等乱过去，从长慢慢打算吧，这两天一定不能走的，道路上危险多。”

麟趾目送着廖成走出蕉丛外头，到他的脚音听不见的时候，慢慢起身到妆台前，检点她的细软和首饰之类。走出房门，上了假山，她自伤愈后这是第一次登高，想着宜姑，教她心里非常高兴，巴不得立刻到广州去见她。到墙的尽头，她探头下望，见一条黑深的空巷，一根电报杆子立在巷对面的高坡上，同围墙距离约一丈多宽。一根拴电杆的粗铅丝，从杆上离电线不远的部位，牵到墙上一座一半砌在墙里已毁的节孝坊的石柱上，几乎成为水平线。她看看园里并没有门，若要从花园逃出去，恐怕没有多少希望。

她从假山下来，进到屋里已是黄昏时分，丫头也从前院进来了。麟趾问："你有旧衣服没有？拿一套来给我。"

女婢说："奶奶要旧衣服干什么？"

"外头乱扰扰地，万一给人打进家里来，不就得改装掩人耳目么？"

"我的不合奶奶穿，我到外头去找一套进来吧。"她说着便出去了。

麟趾到丫头的卧房翻翻她的包袱，果然都是很窄小的，不合她穿。门边挂着一把雨纸伞，她拿下来打开一看，已破了大半边。在床底下有一根细绳子，不到一丈长。她摇摇头叹了一声，出来仍坐在窗下的贵妃床，两眼凝视着芭蕉。忽然拍起她的腿说："有了！"她立起来，正要出去，丫头给她送了一套竹布衣服进来。

"奶奶，这套合适不合适？"

她打开一看，连说："成，成，现在你可以到前头帮他们搬东西，等七点钟端饭来给我吃。"丫头答应一声，便离开她。她又到婢女屋里，把两竿张蚊帐的竹子取下捆起来；将衣物分做两个小包结在竹子两端，做成一根踏索用的均衡担。她试一下，觉得稍微轻一点，便拿起一把小刀走到芭蕉底下，把两棵有花蕾的砍下来，割下两个重约两斤的花蕾加在上头。随即换了衣服，穿着软底鞋，打着均衡担飞跑上假山。沿着墙头走，到石柱那边。她不顾一切，两手揸住均衡担，踏上那很大铅丝，一步一步地走过去。到电杆那头，她忙把竹上的绳子解下来，圈成一个圆套子，套着自己的腰和杆子，像尺蠖一样，一路拱下去。

下了土坡，急急向着人少的地方跑。拐了几个弯，才稍微辨识一点道路。她也不用问道，一个劲儿便跑到真武庙去，她想着教黄胜领她到广州去找宜姑，把身边带着的珠宝分给他一两件。不想真武庙的后殿已经空了，人也不晓得往哪里去了。天色已晚，邻居的人都不理会是她回来，她不敢问。她踌躇着，不晓得怎样办，在真武庙歇又害怕；客栈不能住；船晚上不开，一会郭家人发觉了，一定把各路口把住，终要被逮捕回去；到巡警局报迷路吧，不成，若是巡警搜出身上的东西，倒惹出麻烦来。想来想去，还是赶出城，到城外藏一宿，再定行止。

她在道上，看见许多人在街上挤来挤去，很像要闹乱子的光景。刚出城门，便听见城里一连发出砰磅的声音。街上的人慌慌张张地乱跑，店铺的门早已关好，一听见枪声，连门前的天灯都收拾起来。幸而麟趾出了城，不然，就被关在城里头。她要找一个僻静的地方去躲一下，但找来找去，总找不着，不觉来到江边。沿江除码头停泊着许多船以外，别的地方都很静。在离码头不远的地方，有一棵斜出江面的大榕树。那树的气根，根根都向着水面伸下去。她又想起藏在树上，在枪声不歇的时候，已有许多人挤在码头那边叫渡船，他们都是要到石龙去的。看他们的样子都像是逃难的人，麟趾想着不如也跟着他们去，到石龙再赶广州车到广州。看他们把价钱讲妥了，她忙举步混在人们当中，也上了船。

乱了一阵，小渡船便离开码头。人都伏在舱底下，灯也不敢点，城中的枪声教船后头的大橹和船头的双桨轻松地摇掉。但从雉堞影射出来的火光，令人感到是地狱的一种现象。船走得越远，照得越亮。到看不见红光的时候，不晓得船在江上已经拐了几个弯了。

六

石龙车站里虽不都是避难的旅客，但已拥挤得不堪。站台上几乎没有一寸空地，都教行李和人占满了，麟趾从她的座位起来，到站外去买些吃的东西，回来时，位已被别人占去。她站在一边，正在吃东西，一个扒手偷偷摸摸地把她放在地下那个小包袱拿走。在她没有发觉以前，后面长凳上坐着的一个老和尚便赶过来，追着那贼说：“莫走，快把东西还给人。”他说着，一面追出站外。麟趾见拿的是她的东西，也追出来。老和尚把包袱夺回来，交给她说：“大姑娘，以后小心一点，在道上小人多。”

麟趾把包袱接在手里，眼泪几乎要流出来，她心里说若是丢了包袱，她就永久失掉纪念她父亲的东西了。再则，所有的珠宝也许都在里头。她现出非常感激的样子，对那出家人说："真不该劳动老师父。跑累了么？我扶老师父进里面歇歇吧。"

老和尚虽然有点气喘，却仍然镇定地说："没有什么，姑娘请进吧。你像是逃难的人，是不是？你的包袱为什么这样湿呢？"

"可不是，这是被贼抢漏了的，昨晚上，我们在船上，快到天亮的时候，忽然岸上开枪，船便停了。我一听见枪声，知道是贼来了，赶快把两个包袱扔在水里。我每个包袱本来都结着一条长绳子。扔下以后，便把一头暗地结在靠近舵边一根支篷的柱子上头。我坐在船尾，扔和结的时候都没人看见，因为客人都忙着藏各人的东西，天也还没亮，看不清楚。我又怕被人知道我有那两个包袱，万一被贼搜出来，当我是财主，将我掳去，那不更吃亏么？因此我又赶紧到篷舱里人多的地方坐着。贼人上来，真凶！他们把客人的东西都抢走了。个个的身上也搜过一遍，侥幸没被搜出的很少。我身边还有一点首饰，也送给他们了，还有一个人不肯把东西交出，教他们打死了，推下水去。他们走后，我又回到船后去，牵着那绳子，可只剩下一个包袱，那一个恐怕是教水冲掉了。"

"我每想着一次一次的革命，逃难的都是阔人，他们有香港、澳门、上海可去，逃不掉的只有小百姓。今日看见车站这么些人，才觉得不然。所不同的是小百姓不逃固然吃亏，逃也便宜不了。姑娘很聪明，想得到把包袱扔在水里，真可佩服。"

麟趾随在后头回答说："老师父过奖，方才把东西放下，就是显得我很笨；若不是师父给追回来，可就不得了。老师父也是避难的么？”

“我么？出家人避什么难？我从罗浮山下来，这次要到普陀山去朝山。”说时，回到他原来的座位，但位已被人占了，他的包袱也没有了。他的神色一点也不因为丢了东西更变一点，只笑说：“我的包袱也没了！”

心里非常不安的麟趾从身边拿出一包现钱，大约二十元左右，对他说：“老师父，我真感谢你，请你把这些银子收下吧。”

“不，谢谢，我身边还有盘缠。我的包袱不过是几卷残经和一件破袈裟而已。我是出门人，多一元在身边是一无用处。”

他一定不受，麟趾只得收回。她说：“老师父的道行真好，请问法号怎样称呼？”

那和尚笑说：“老衲没有名字。”

“请告诉我，日后也许会再相见。”

“姑娘一定要问，就请叫我做罗浮和尚便了。”

“老师父一向便在罗浮么？听你的口音不像是本地人。”

“不错，我是北方人。在罗浮出家多年了，姑娘倒很聪明，能听出我的口音。”

“姑娘倒很聪明”，在麟趾心里好像是幼年常听过的。她父亲的形貌。她已模糊记不清了，她只记得旺密的大胡子，发亮的眼神。因这句话，使她目注在老和尚脸上。光圆的脸，一根胡子也不留，满颊直像铺上一层霜，眉也自得像棉花一样，眼睛带着老年人的混浊颜色，神采也没有了。她正要告诉老师父她原先也是北方人，可巧汽笛的声音夹着轮声、轨道震动声，一齐送到。

“姑娘，广州车到了，快上去吧，不然占不到好座位。”

“老师父也上广州么？”

“不，我到香港候船。”

麟趾匆匆地别了他，上了车，当窗坐下。人乱过一阵，车就开了。她探出头来，还望见那老和尚在月台上。她凝望着，一直到车离开很远的地方。

她坐在车里，意像里只有那个老和尚，想着他莫不便是自己的父亲？可惜方才他递包袱时，没留神看看他的手，又想回来，不，不能够，也许我自己以为是，其实是别人。他的脸不很像哪！他的道行真好，不愧为出家人。忽然又想：假如我父亲仍在世，我必要把他找回来，供养他一辈子。呀，幼年时代甜美的生活，父母的爱惜，我不应当报答么？不，不，没有父母的爱，父母都是自私自利的。为自己的名节，不惜把全家杀死。也许不止父母如此，一切的人都是自私自利的。从前的女子，不到成人，父母必要快些把她嫁给人。为什么？留在家里吃饭，赔钱。现在的女子，能出外跟男子一样做事，父母便不愿她嫁了。他们愿意她像儿子一样养他们一辈子，送他们上山。不，也许我的父母不是这样。他们也许对，是我不对，不听话，才会有今日的流离。

她一向便没有这样想过，今日因着车轮的转动摇醒了她的心灵。“你是聪明的姑娘！”“你是聪明的姑娘！”轮子也发出这样的声音。这明明是父亲的话，明明是方才那老和尚的话。不知不觉中，她竟滴了满襟的泪。泪还没干，车已入了大沙头的站台了。

出了车站，照着廖成的话，雇一辆车直奔黑家。车走了不久时候，至终来到门前。两个站岗的兵问她找谁，把她引到上房，黑太太紧紧迎出来，相见之下，抱头大哭一场。佣人面面相觑，莫名其妙。

黑太太现在是个三十左右的女人，黑老爷可已年近半百。她装饰得非常时髦，锦衣、绣裙，用的是欧美所产胡奴的粉、杜丝的脂、古特士的甲红、鲁意士的眉黛和各种著名的香料。她的化妆品没有一样不是上等，没有一件是中国产物。黑老爷也是面团团，腹便便，绝不像从前那凶神恶煞的样子，寒暄了两句，黑老爷便自出去了。

“妹妹，我占了你的地位。”这是黑老爷出去后，黑太太对麟趾的第一句话。

麟趾直看着她，双眼也没眨一下。

“唉，我的话要从哪里说起呢？你怎么知道找到这里来？你这几年来到哪里去了？”

“姐姐，说来话长，我们晚上有工夫细细谈吧，你现在很舒服了，我看你穿的用的便知道了。”

“不过是个绣花枕而已，我真是不得已。现在官场，专靠女人出去交际，男人才有好差使，无谓的应酬一天不晓得多少，真是把人累得要死。”

她们真个一直谈下去，从别离以后谈到彼此所过的生活。宜姑告诉麟趾他祖父早已死掉，但村里那间茅屋她还不时去看看，现在没有人住，只有一个人在那里守着。她这几年跟人学些注音字母，能够念些浅近文章，在话里不时赞美她丈夫的好处。麟趾心里也很喜欢，最能使她开心的便是那间茅舍还存在。她又要求派人去访寻黄胜，因为她每想着她欠了他很大的恩情。宜姑应许了为她去办，她又告诉宜姑早晨在石龙车站所遇的事情，说她几乎像看见父亲一样。

这样的倾谈决不能一时就完毕，好几天或好几个月都谈不完，东江的乱事教黑老爷到上海的行期改早些，他教他太太过些日子再走。因此宜姑对于麟趾，第二天给她买穿，第三天给她买戴，过几天又领她到张家，过几时又介绍她给李家。一会是同坐紫洞艇游河，一会又回到白云山附近的村居。麟趾的生活在一两个星期中真像粘在枯叶下的冷蛹，化了蝴蝶，在旭日和风中间翻舞一样。

东江一带的秩序已经渐次恢复。在一个下午，黑府的勤务兵果然把黄胜领到上房来。麟趾出来见他，又喜又惊。他喜的是麟趾有了下落；他怕的是军人的势力。她可没有把一切的经过告诉他，只问他事变的那天他在哪里。黄胜说他和老杜合计要趁乱领着一班穷人闯进郭太子的住宅，他们两人希望能把她夺回来，想不到她没在那里。郭家被火烧了，两边死掉许多人，老杜也打死了，郭家的人活的也不多，郭太子在道上教人掳去，到现在还不知下落。他见事不济，便自逃回城隍庙去，因为事前他把行头都存在那里，伙计没跟去的也住在那里。

麟趾心里想着也许廖成也遇了险。不然，这么些日子，怎么不来找我，他总知道我会到这里来。因为黄胜不认识廖成，问也没用，她问黄胜愿意另谋职业，还是愿意干他的旧营生。黄胜当然不愿再去走江湖，她于是给了他些银钱。但他愿意在黑府当差，宜姑也就随便派给他当一名所谓国术教官。

黑家的行期已经定了，宜姑非带麟趾去不可，她想着带她到上海，一定有很多帮助。女人的脸曾与武人的枪平分地创造了人间一大部历史。黑老爷要去联络各地战主，也许要仗着麟趾才能成功。

七

南海的月亮虽然没有特别动人的容貌，因为只有它来陪着孤零的轮船走，所以船上很有些与它默契的人。夜深了，轻微的浪涌，比起人海中政争匪掠的风潮舒适得多。在枕上的人安宁地听着从船头送来波浪的声音，直如催眠的歌曲。统舱里躺着、坐着的旅客还没尽数睡着，有些还在点五更鸡煮挂面，有些躺在一边烧鸦片，有些围起来赌钱，几个要到普陀朝山的和尚受不了这种人间浊气，都上到舱面找一个僻静处所打坐去了，在石龙车站候车的那个老和尚也在里头。船上虽也可以入定，但他们不时也谈一两句话。从他们的谈话里，我们知道那老和尚又回到罗浮好些日子，为的是重新置备他的东西。

在那班和尚打坐的上一层甲板，便是大菜间客人的散步地方，藤椅上坐着宜姑，麟趾靠着舷边望月，别的旅客大概已经睡着了。宜姑日来看见麟趾心神恍惚，老像有什么事挂在心头一般，在她以为是待她不错；但她总是望着空间想，话也不愿意多说一句。

“妹妹，你心里老像有什么事，不肯告诉我。你是不喜欢我们带你到上海去么？也许你想你的年纪大啦，该有一个伴了。若是如此，我们一定为你想法子。他的交游很广，面子也够，替你选择的人准保不错。”宜姑破了沉寂，坐在麟趾背后这样对她说。她心里是想把麟趾认做妹妹，介绍给一个督军的儿子当作一种政治钓饵，万一不成，也可以借着她在上海活动。

麟趾很冷地说：“我现在谈不到那事情，你们待我很好，我很感激。但我老想着到上海时，顺便到普陀去找找那个老师父，看他还在那里不在，我现在心里只有他。”

“你准知道他便是你父亲么？”

“不，我不过思疑他是。我不是说过那天他开了后门出去，没听见他回到屋里的脚音么？我从前信他是死了，自从那天起教我希望他还在人间。假如我能找着他，我宁愿把所有的珠宝给你换那所茅屋，我同他在那里住一辈子。”麟趾转过头来，带着满有希望的声调对着宜姑。

“那当然可以办得到，不过我还是希望你不要做这样没有把握的寻求。和尚们多半是假慈悲，老奸巨猾的不少；你若有意去求，若是有人知道你的来历，冒充你父亲，教你养他一辈子，那你不就上了当？幼年的事你准记得清楚么？”

“我怎么不记得？谁能瞒我？我的凭证老带在身边，谁能瞒得过我？”她说时拿出她几年来常在身边的两截带指甲的指头来，接着又说：“这就是凭证。”

“你若是非去找他不可，我想你一定会过那漂泊的生活，万一又遇见危险，后悔就晚了。现在的世界乱得很，何苦自己去找烦恼？”

“乱么？你我都见过乱，也尝过乱的滋味，那倒没有什么，我的穷苦生活比你多过几年，我受得了，你也许忘记了。你现在的地位不同，所以不这样想。假若你同我换一换生活，你也许也会想去找你那耳聋的祖父吧。”她没有回答什么，嘴里漫应着：“唔，唔。”随即站起来，说：“我们睡去吧，不早了。明天一早起来看旭日，好不好？”

“你先去吧，我还要停一会儿才能睡咧。”

宜姑伸伸懒腰，打了一个呵欠，说声：“明天见！别再胡思乱想了，妹妹。”便自进去了。

她仍靠在舷边，看月光映得船边的浪花格外洁白，独自无言，深深地呼吸着。

甲板底下那班打坐的和尚也打起盹来了。他们各自回到统舱里去。下了扶梯，便躺着，那个老是用五更鸡煮挂面的客人，他虽已睡去，火仍是点着。一个和尚的袍角拂倒那放在上头的锅，几乎烫着别人的脚。再前便是那抽鸦片的客人，手拿着烟枪，仰面打鼾，烟灯可还未灭，黑甜的气味绕缭四围，斗纸牌的还在斗着，谈话的人可少了。

月也回去了，这时只剩下浪吼轮动的声音。

宜姑果然一清早便起来看海天旭日，麟趾却仍在睡乡里，报时的钟打了六下，甲板上下早已洗得干干净净。统舱的客人先后上来盥漱，麟趾也披着寝衣出来，坐在舷边的漆椅上，在桅梯边洗脸的和尚们牵引了她的视线。她看见那天在石龙车站相遇的那个老师父，喜欢得直要跳下去叫他。正要走下去，宜姑忽然在背后叫她，说："妹妹，你还没穿衣服咧。快吃早点了，还不去梳洗？"

"姐姐，我找着他了！"她不顾一切还是要下扶梯。宜姑进前几步，把她揪住，说："你这像什么样子，下去不怕人笑话，我看你真是有点迷。"她不由分说，把麟趾拉进舱房里。

"姐姐，我找着他了！"她一面换衣服，一面说，"若果是他，你得给我靠近燕塘的那间茅屋，我们就在那里住一辈子。"

"我怕你又认错了人，你一见和尚便认定是那个老师父，我准保你又会闹笑话，我看吃过早饭叫'播外'下去问问，若果是，你再下去不迟。”

“不用问，我准知道是他。”她三步做一步跳下扶梯来。那和尚已漱完口下舱去了，她问了旁边的人便自赶到统舱去，下扶梯过急，猛不防把那点着的五更鸡踢倒。汽油洒满地，火跟着冒起来。

舱里的搭客见楼梯口着火，个个都惊慌失措，哭的，嚷的，乱跑的，混在一起。麟趾退上舱面，脸吓得发白，话也说不出来。船上的水手，知道火起，忙着解开水龙。警钟响起来了！

舱底没有一个敢越过那三尺多高的火焰。忽然跳出那个老和尚，抱着一张大被窝腾身向火一扑，自己倒在火上压着。他把火几乎压灭了一半，众人才想起掩盖的一个法子。于是一个个拿被窝争着向剩下的火焰掩压。不一会把火压住了，水龙的水也到了，忙乱了一阵，好容易才把火扑灭了，各人取回冲湿的被窝时，直到最底下那层，才发现那老师父，众人把他扛到甲板上头，见他的胸背都烧烂了。

他两只眼虽还睁着，气息却只留着一丝，众人围着他，但具有感激他为众舍命的恐怕不多，有些只顾骂点五更鸡的人，有些却咒那行动鲁莽的女子。

麟趾钻进人丛中，满脸含泪，那老师父的眼睛渐次地闭了，她大声叫：“爸爸！爸爸！”

众人中，有些肯定地说他死了。麟趾揸着他的左手，看看那剩下的三个指头。她大哭起来，嚷，说：“真是我的爸爸呀！”这样一连说了好几遍。宜姑赶下来，把她扶开，说：“且别哭啦，若真是你父亲，我们回到屋里再打算他的后事。在这里哭惹得大众来看热闹，也没什么好处。”

她把麟趾扶上去以后，有人打听老和尚和那女客的关系，却没有一个人知道，他同伴的和尚也不很知道他的来历。他们只知道他是从罗浮山下来的。有一个知道详细一点，说他在某年受戒，烧掉两个指头供养三世法佛。这话也不过是想，当然并没有确实的凭据，同伴的和尚并没有一个真正知道他的来历。他们最多知道他住在罗浮不过是四五年光景，从哪里得的戒牒也不知道。

宜姑所得的回报，死者是一个虔心奉佛燃指供养的老和尚。麟趾却认定他便是好几年前自己砍断指头的父亲。死的已经死掉，再也没法子问个明白，他们也不能教麟趾不相信那便是她爸爸。

她躺在床上，哭得像泪人一般，宜姑在旁边直劝她。她说：“你就将他的遗体送到普陀或运回罗浮去为他造一个塔，表表你的心也就够了。”

统舱的秩序已经恢复，麟趾到停尸的地方守着。她心里想：这到底是我父亲不是？他是因为受戒烧掉两个指头的么？一定的，这样的好人，一定是我父亲，她的泪沉静地流下，急剧地滴到膝上。她注目看着那尸体，好像很认得，可惜记忆不能给她一个反证。她想到普陀以后若果查明他的来历不对，就是到天边海角，她也要再去找找。她的疑心很能使她再去过游浪的生活，长住在黑家决不是她所愿意的事。她越推想越入到非非之境，气息几乎像要停住一样。

船仍在无涯的浪花中漂着，烟囱冒出浓黑的烟，延长到好几百丈，渐次变成灰白色，一直到消灭在长空里头。天涯的彩云一朵一朵浮起来，在麟趾眼里，仿佛像有仙人踏在上头一般。